冰心儿童图书奖获奖作家作品

获奖作家独特的文学视野
长季节绵长的青涩与甘甜

空中有朵雨做的云

亦农 著

中国书籍出版社
China Book Press

图书在版编目（CIP）数据

空中有朵雨做的云 / 亦农著. —北京：中国书籍出版社，2018.3
ISBN 978-7-5068-6811-2

Ⅰ.①空… Ⅱ.①亦… Ⅲ.①小小说—小说集—中国—当代 Ⅳ.①I247.82

中国版本图书馆CIP数据核字（2018）第062737号

空中有朵雨做的云

亦　农　著

丛书策划	牛　超　蓝文书华
责任编辑	成晓春
责任印制	孙马飞　马　芝
封面设计	欧阳永华
出版发行	中国书籍出版社
地　　址	北京市丰台区三路居路97号（邮编：100073）
电　　话	（010）52257143（总编室）　（010）52257140（发行部）
电子出箱	eo@chinabp.com.cn
经　　销	全国新华书店
印　　刷	北京一步飞印刷有限公司
开　　本	710毫米×1000毫米　1/16
字　　数	210千字
印　　张	13
版　　次	2018年6月第1版　2018年6月第1次印刷
书　　号	ISBN 978-7-5068-6811-2
定　　价	32.00元

版权所有　翻印必究

目录 CONTENTS

狼的爱情……………………………………001
钟小英………………………………………004
玉女翠………………………………………007
游　戏………………………………………009
新娘不是我…………………………………012
刻在树上的字………………………………015
无援的初恋…………………………………018
跛脚夫妻……………………………………021
1979年的春天 ………………………………024
春　妞………………………………………027
策划爱情……………………………………030
梦里西施……………………………………033
礼品的自述…………………………………036
许老怪………………………………………039
储蓄密码……………………………………041
好人之死……………………………………044
母爱力量……………………………………047
小民老师……………………………………050
空中有朵雨做的云…………………………052
福　娃………………………………………055

乡间渔事	057
超级冠军	061
三娘教子	064
棋　杀	067
将军品茗	069
征　服	072
老书记轶事	075
专注的奇迹	077
带你离开	080
退伍兵	084
青　玉	086
多年前那场春雨	089
父亲大人	093
花奶奶	097
如歌的行板	099
蛇　义	102
城市凶猛	105
容哥遇险记	107
刀客侯七	110
第一刀客	113
远方的美丽	116
惊天大假	119
狼　变	122
陪酒大师	125
棋　王	128

猫鼠争霸	130
特异功能	133
画车的男生	136
天上掉下豆腐渣	139
皋鱼泪	142
游子吟	145
小女鼠的爱情经历	148
新版"狐假虎威"	151
火　痴	154
怪　症	156
非常名片	159
天　驷	162
老毙公	164
七　夕	167
上铺的爱情	170
报　账	172
小镇名狗	174
顽　症	176
位　置	178
花　婆	180
定风波	182
秋菊恩仇录	184
粮　杀	186
我是骗子	189
同学凶猛	191

乡间狗事……………………………………………………… 194

鱼的N种吃法…………………………………………………… 196

真假文凭………………………………………………………… 199

百万富翁的诞生………………………………………………… 202

致命的预言……………………………………………………… 204

小葱拌豆腐……………………………………………………… 207

因为有爱………………………………………………………… 209

狼的爱情

狼是我昔日学友宏光的雅号。大学伊始，同宿舍室友依年月大小排定兄弟座椅后，有室友建议，每人自封一个雅号，叫起来响亮，听起来让人过耳难忘。宏光说："你们以后就叫我狼吧！"

国庆节，学校组织文艺晚会，狼踊跃登台，演唱一首齐秦的《北方的狼》，女学生叶子在旁边给他伴奏。俩人配合默契，赢得掌声如雷。回到宿舍，众室友拍手相庆，狼则沉寂无语。良久，狼突然宣布："我爱上叶子了，望众位兄弟多多关照，切莫横刀夺爱。"众人再三追问："可有计划？"狼只简略说："我已有了一个'狼计划'，确保万无一失。"后再不开口。

叶子与我们同系，是一位小家碧玉型女孩，温柔善良，妩媚可人，颇得男同学瞩目。狼宣布之后，次日便展开攻势。

晚上，教室寂静无声，同学或做功课或看书，狼出现在教室门口，朗声道："叶子同学，请你出来一下。"引得全班同学举目观望。叶子不知所措，匆匆走出教室，浅声问："你有什么事吗？"狼大声说："叶子，我爱你！"教室内哄然大笑。

周末，许多同学围在宿舍楼下看世界杯足球赛，狼径直走到女生宿舍前大喊："叶子，叶子！"有女生回答说她不在。狼说："请你转告叶子，她不下来，我就喊她一晚上！"看电视的同学中响起一片大笑，笑过之后，男同学齐声喊："叶子，叶子！"稍倾，叶子从楼上匆匆下来，狼冲大家一抱拳说："谢谢兄弟们了！"

室友问："狼计划实施得如何？"

狼答："冰冻三尺，非一日之寒，爱情两个字，岂是一朝一夕能写得来的？"

叶子追求者中，有一位号称白马王子的男生，父母皆为省部级官员，有权又有钱，自视甚高，言谈举止，不把别人放在眼中。一日，狼与之狭路相逢，他拦住狼问："你就是那匹狼？"狼反问："你就是那只父母官的犬子？"王子说："请你以后离叶子远一点，也不拿镜子照照自己，配吗？"狼笑眯眯问："兄弟，你真爱她？"王子说："我爱她胜过你们任何人！"狼又笑眯眯问："如果有一天，她少了一只胳膊或一条腿，你还爱她吗？"王子脸色大变，半响方说一句话："你真卑鄙！"

漫漫暑假，叶子每天都可以收到一封千里之外的来信，信纸精致，每封信都写得密密实实，有七八页之多，落款只一个字：狼。母亲似有所觉察，问："来信的是谁？"叶子答："同学。""男同学还是女同学？"叶子说："女同学。"暑假结束前两天，叶子出门，见路旁站着一个人，看了一眼，禁不住张大了嘴巴。风尘仆仆的狼说："过两天就开学了，寄信恐怕你收不到，我就亲自送来了。"叶子心慌意乱，六神无主。狼说："如果你不同意，我就不去看望伯父伯母了。"

第二日，叶子和狼提前一天踏上去学校的列车。

叶子体弱，一日高烧，有女生来告诉狼，狼从床上一跃而起，急跑过去，抱着已近昏迷的叶子就往医院赶。叶子醒来，看到脚上打着血泡，眼窝深陷的狼，含泪将手伸给了他说："你真傻，为什么要这样呢？"

自此，狼和叶子的爱情进行得有声有色。校园的幽幽曲径及那座城市的很多地方都留下了他们缠绵的身影。大学毕业，叶子随狼而去。分别在即，室友问狼："能否预告下一步狼计划的内容？"狼答："我准备做一大群狼仔的爸爸！"不久，我收到了狼和叶子寄来的喜糖。

之后，大家各奔东西，千山隔绝，彼此少有联系。1995年秋，我出差路过狼所在的城市，抽空前去看望他们，却被眼前的实事所震惊，昔日高大魁梧的狼变得瘦削枯干，叶子只能在床上迎接我。狼说："叶子患病，两年多矣！"

叶子仍像从前一样美丽，仿佛岁月没有在她脸上留下任何痕迹，但她已不能走路。她患了一种奇怪的病，病魔夺走了她的双腿，狼带她跑了许多医院，却始终不见好转。在狼出去买菜打酒时，叶子对我吐露心声："我知道他喜欢孩子，大学刚毕业时，为了事业，我们没计划要，没想到后来就有了这病。医生告诉我不能要孩子，可是，我真的很想为他生一大群孩子！"

晚饭时，屋子内始终洋溢着欢快的气氛，狼和叶子脸上都挂着幸福的微笑，看得出他们的感情生活很美满。我重提狼计划，叶子笑道："他这匹狼在大学时臭名远扬，他的狼计划把我的追求者都吓跑了，我真傻，就中了他的套呢！"

狼笑道："谋事在人，成事在天，你我之事，乃天作之合！"说罢，与我大杯饮酒。那天狼醉了。醉梦中还在喊着叶子的名字。

次日，与狼握别，我想安慰他几句，狼微微一笑说："我不会放弃的，等叶子病好了，我还计划让她给我生一大群狼崽儿呢！"言罢，狼眼中升起一团雨雾。这是我第一次见狼有泪。

一年后的情人节那天，狼在电话中声音嘶哑地告诉我："叶子去了，她不该瞒着我怀上孩子。医生说，如果不是因为有孩子，她还可以活得长一些！"

狼反复对我说："叶子临终讲，来生我们还做夫妻，给我生一大群孩子！"最后竟泣不成声，声如草原上绝望的狼嚎！

钟小英

钟小英是我的大学同学，长得小小巧巧的，有些清瘦，皮肤很白，纤纤十指，手背上可见到白白皮肤下那清晰的血管。钟小英眉清目秀，眉宇中透着无限的温柔。她不太爱说话，总是抿着嘴，嘴角微微有点上翘，这样看上去她永远都在微笑，无论认识或不认识的人，第一眼望到钟小英，就再不会忘记她那迷人的微笑了。

阿荣最初和张冰华相恋，两人在校园里出入成双成对。大二那年，经一位海外远亲的帮助，张冰华打算出国，为了前程锦绣，她把自己和阿荣的恋情画上了句号。阿荣那段时间很痛苦，就找钟小英诉说，钟小英静静地听阿荣诉说，让他把一肚子苦水全倒出来。阿荣说着说着哭起来，哭得昏天暗地。钟小英掏出手巾递给他，他接过去，擦了眼泪又把不争气流出的鼻涕也擦了。钟小英的手巾有一股少女特有的清香，这股清香在阿荣擦鼻涕时飘进他的口鼻，让阿荣的身心沐浴在一种难言的关爱中，使他情不自禁在钟小英接回毛巾时，握住了钟小英那双柔软的小手。钟小英要抽回手，但抽两次没有抽出来，阿荣的手越来越用劲，钟小英就不再用力抽自己的手。她的温顺给了阿荣无言的鼓励，他得寸进尺，搂住了钟小英……

温柔可人的钟小英在阿荣强烈的爱情攻势下，以她那特有的微笑不久就接纳了阿荣。钟小英与阿荣恋爱和张冰华与阿荣恋爱不同，他俩不张扬不猖狂，但举手投足中能让人感受到他俩是一对沐浴在深爱中的恋人。尤其是钟小英，她那小鸟依人的神态让人痴迷不已。

天有不测风云，命运似乎专门捉弄那些善良美丽的人。张冰华因为种种原因，无法出国，她又回到学校要和阿荣重续前缘。阿荣起初不同意，张冰华就穷追不舍。最后她与阿荣做了笔交易：与许多外地学生一样，阿荣希望将来毕业后能留在北京工作，张冰华的父母在北京很有一些背景，张冰华说："你若答应和我结婚，我会让我父母给你争取到一个留京指标！"这个诱惑对阿荣吸引力很大，他答应下来，重又和张冰华做起了恋人，尽管他对张冰华已毫无爱情可言。对于钟小英，阿荣却没有任何解释。

钟小英依旧无言无语，依旧脸上挂着那样迷人的微笑，她把痛深深地埋在心里。两个月后，钟小英突然离开学校，谁也不知她为何离开的。一些曾暗恋过钟小英的男生终于忍无可忍，他们纷纷采取行动，于是，会有一只老拳从背后突然袭来，会有一块不大不小的砖块从黑暗中飞来，阿荣的脸上就开始不断"挂彩"了……张冰华晾在窗外的衣服也被人恶意地泼了墨汁。虽无大伤害，但足够他们俩难受的，他们再不敢在大庭广众之下猖狂显摆爱情了。

两个星期后，钟小英重归校园。钟小英的归来，为校园带来一片光明，男生女生们凑在一起，要为钟小英开生日party，钟小英微笑着答应了。在钟小英的生日party上，钟小英唱了她拿手的歌——《为爱无怨无悔》。但几乎所有人都能感觉到，钟小英在强作欢笑，她那唇角迷人的笑容背后，有着一个深深的疼！最后，我喝醉了，猛然把一个空酒瓶摔在地上说："大家等着，我他妈的这就去毁了那个忘恩负义的杂种！"几个男生也撸起袖子说："走，宰了阿荣那小子，他妈的为了一个留京指标，爱情不要了，钟小英这样世间难找出第二个来的好女孩不能让他这样给白白欺负了。"

那些清醒的同学伸手要拦，但无法拦住，我手握锋利的破瓶冲出屋外。钟小英突然扑到我前面，双膝跪下说："求求你们，大家冷静些！"

钟小英从口袋中取了一张纸说:"我这次回来,是和大家告别的!"那是一张诊断书,钟小英被查出是血癌晚期。钟小英平静地说:"希望大家不要再为难阿荣,也千万不要把我的事告诉他!"

钟小英在我们大学毕业后一年,离开人世。

玉女翠

大二那年,我爱上同班一个叫兑的女孩。她的一举一动,每次无意的甩发动作都深刻地印在我脑海中。无数回擦肩而过,我总想鼓足勇气迎住她的目光,但视线相遇的刹那,我又全线败溃,低头匆匆走过去。

一天,卓向我透露心迹,他爱上了兑,刻骨铭心,魂牵梦绕。卓是我最好的朋友,他对我诉说心事,说明他对我的坦诚和信任。我内心刹那间掀起一股惊涛骇浪,多么不可能发生的事就这样在我身上成为现实:我们同时爱上了兑!不同的是,卓并不知道我的爱,我却知道他的。我佯做平静地说:兑是个不错的女孩子,你很有眼光。为了不负朋友情谊,我还为卓出谋划策,小到每一个细节、每一句对话都帮他设计得完美无缺,以便他尽快得到兑的爱。

从此,卓踏上漫长的追爱之旅。卓好不容易拿到两张音乐会的票,兑答应同他一起去听那场难得的音乐会。兑和卓相约:每个星期,只有星期六他们才可以约会,平常日子要用来学习功课。卓对我讲这些时,常常很激动,神采奕奕。我边听边向他祝贺,心中却隐约感到,兑对卓而言,只是一片无根的彩云,迟早会飘离而去。但愿这不要成为现实。

我的故乡产玉,驰名中外。回乡探亲时,卓嘱我带副玉镯,我知道他打算送给兑。

那日,天空下着雨,我撑着伞跑遍了故乡小镇所有的玉器店,最后在一家颇有名声的老店挑中一副玉镯，我捧在手里反复审看，从质地到色泽都无可挑剔。山羊胡子的老板狡黠地望着我说：这副玉镯有个名字叫玉女翠，最适合送给妙龄女子！你是要送给女朋友的吧？我立即红了脸，竟点头，匆匆付款逃离，怕那位老板会再问出些什么话。行在街上，心中陡然升起一股无奈的悲哀，任凭雨打风吹，任凭泪水混合雨水在脸上尽情流淌。

　　兑没有接受那副玉镯，她说：这东西太贵重，我不能收下。卓向我转述兑的话时，神色颓废暗淡。此后他们的爱情就少有进展。毕业前，两人谈及未来去向，兑平静地告诉卓说：她希望一生都能留在父母身边，其意不言自明。卓的心彻底冷了。他近两年的苦恋就这样划上无言的句号。

　　我毕业参加工作不久，辞职南下，在南方认识了现在的妻，两年后结婚生子，人生还算风平浪静。日前，出差路过某城，蓦然与兑在街头邂逅，她的头发也已盘起，手中拉着个小小的女孩，眉眼神态活脱脱又一个小兑，又一个美人胚子。我们在一个寻常的咖啡店闲聊同窗往事，兑突然苦笑摇头，我诧异地问何故，她说：我想起那副玉镯，但愿有来生，我希望能从你手中接过来。

　　告别时候，兑拉过小小的女孩，指着我说：和舅舅再见。

　　我匆匆道声再见，一转身，泪水就模糊了那座城市。

游 戏

"愿意和我做一个游戏吗？"女孩问。"那要看做什么样的游戏？"我装作漫不经心地望着她，不知她肚子里又有什么歪主意。"十年后的今天，我们在这里相聚，不见不散。"女孩歪着脑袋，一本正经地看我。"好啊，我们击掌起誓，君子一言——"我举起手。"驷马难追！"女孩也举起手。两双异性的手拍在一起，发出清脆的响声。

那时候我是学生会主席，怀柔是团委书记。因为工作关系，我们常常共处在一起，时间久了，同学中便风言风语传说我俩在恋爱。那正是个恋爱的季节。"你听到关于我们的传言了吗？"一天，在聊天时怀柔问我。"真希望它是真的啊！"我信口开河。"美的你，晚上做梦去吧！"怀柔知道我在逗她。于是，就有了开头那一幕。

大学毕业，我们各奔东西。参加工作后，也到了该谈婚论嫁的年龄，经同事介绍我认识了现在的妻。一年后我们举办了婚礼，新婚的晚上，我突然想起与怀柔的约会，忍不住笑了。妻问："笑什么？"我就给她讲关于与怀柔约会的故事，妻嗔怪道："一句玩笑话，你记得那么清，你心中有她吧？"

我这才猛然想起，有很久没与怀柔联系了，就想能有机会和她聊聊天，问一问生活过得可好。但通讯录却不知被我扔到了哪里。忽然有一天，接到一个女孩子的电话，她说："猜猜我是谁？"我马上听出是怀柔，她的声音一点儿也没变。我们电话聊了许久，最后她坏笑着问："还记得那个约会吗？"我说："怎么会忘呢？""那好，不许失约啊！"怀柔说："我们击掌起誓，君子一言——""驷马难追！啪、啪、啪，三击掌！"我说着，两人都笑起来，仿佛那只是一个可乐的玩笑。

  结婚一年后，我有了一个孩子，随着小家伙一天天长大，离相约的日子也越来越近。中间我们又通过几次电话，每次都在那个"约会"的笑声中说"再见"。时间真是个魔术师，离约会的那个日子还有二年，一年……还有几个月，几天了。我开始莫名地不安起来，"愿意和我做个游戏吗？"我的脑海中开始常常闪现这句话。也许她是真的呢？我不该辜负这样一个漫长而纯真的等待。但也许这仅仅是一个玩笑，怀柔只不过是我生命中一个普通的过客！我反复思索，在去与不去、明智与犯傻之间徘徊。终于，在约会日的前一天我对妻子撒下一个谎言，独自踏上北去的列车。"就让我做一次傻子吧！"一路上我不断笑自己太痴，为一句十年前的玩笑话奔波千里。

  学校变化很大，新建的教学楼、宿舍楼规划整齐，校园里走动的都是充满青春活力的大学生。我又回想起与怀柔相约的一幕，她那狡黠的甜甜的微笑清晰如同昨日。我拜访昔日的老师，从老师口中得到许多同窗的情况。怀柔同一个工程师结婚，已有一个女儿，大约三四岁。老师问："怎么想起回学校呢？"我解释是出差路过。老师说："不少同学和你一样，出差路过，回到学校看一看，毕竟在此这里度过了人生中宝贵的四年青春啊！"

  黄昏时分，我准备离开了。能回到学校走一走，捡拾一段美好的记忆，不虚此行，我满足了。迈出学校大门，蓦然，夕阳中走来一个陌生又熟悉的身影，几乎同时，我们彼此唤出了对方的名字，没有握手和拥抱，我们就那么彼此看着、笑着，无声的泪溢出两个人的眼眶。我们并肩在学校的小路上散步，谈大学时代的苦乐，谈毕业后的事业、家庭和未来。我们仿佛又回到从前，一个是学生会主席，一个是团委书记……

  分别在即。"愿意和我做一个游戏吗？"怀柔像从前那样坏笑着问。

"那要看做什么样的游戏?"我仍是装作漫不经心地望着她。"十年后的今天,我们在这里相聚,不见不散。"怀柔歪着脑袋,一本正经地看我。"好啊,我们击掌起誓,君子一言——"我举起手。"驷马难追!"怀柔也举起手,两双异性的手拍在一起,发出清脆的响声。

我们的手紧紧握着。"能够见一面,真好!"我忽然发现怀柔的眼中闪着一种晶莹的东西。

新娘不是我

北京人叫香山又叫西山，它位于北京这座城的西边，过去是皇家园林，现在普通百姓也可以来参观游玩。坐公交车从西直门出发，大约需要一个半小时，如果自己开车，一个小时就到了。

这一天，阳光很好，正是天高云淡、秋高气爽的时候。

光良和娅娟要结婚了，他们带着摄影师来香山拍婚纱照。

摄影师是北京西单美达影楼最好的摄影师。他们开着加长摄影专用车，娅娟可以在车内换衣服而不用担心走光。娅娟换了二十多套衣服，光良也在娅娟的催促下换了七八套衣服。

光良很英俊，在我眼里比任何一个当红的男明星都要英俊，穿上新郎装的光良更加英俊，我注意到，当光良和娅娟在香山草坪、假山、湖畔摆各种亲密造型的时候，路过的所有女子都会把目光聚集在光良的棱角分明的脸上和纤长的腿上。

娅娟在幸福地微笑，她的妆有些浓了，可以看到厚厚的粉底。其实我知道娅娟挺漂亮的，如果不是这些过浓的粉妆，她看上去会更加自然美丽。年轻女子肌肤天然去雕饰，为什么要刻意去浓妆艳抹呢？我想这也是我和娅娟不同的地方之一。

光良和娅娟在香山脚下树林中拍了许多照片。

娅娟说："我还想到香山顶上再拍一些。"

光良脸色陡地沉下来说："在山下拍这么多就可以了，不要到香炉峰拍了吧。摄影师背着那么沉的器材挺累的。"

娅娟撅起粉嘟嘟的小嘴固执地说："我要嘛，人家就要到香炉峰拍婚纱照。摄影师，你们累不累呀？"

"不累，不累！"摄影师虽然早已经挥汗如雨，但却支持娅娟。娅娟家里很有钱，有钱在背后做支柱，摄影师就是再累也不会喊累。这是我和娟娟又一个不同的地方。

光良眼睛里闪过一丝阴霾，我感到他的心被锥子扎了一下，开始滴血。

娅娟拉住光良的手："快走，人家一辈子就这么一回，你就答应人家嘛！"娅娟很会撒娇，她撒娇的样子也很可爱。我相信十个男人恐怕有九个都无法抵挡女孩子的这种撒娇。

香炉峰是香山的最高峰，站在峰顶，环顾四周，云雾缥缈，松涛阵阵，令人心旷神怡。

我爱香炉峰。从前也常常和光良一起爬香炉峰。他的手拉着我的手，我们的手指紧扣着手指。书上说，只有相亲相爱的男女才可以这样，因为手指扣着手指，会让人想到男女的那种亲密接触。

光良的手很大，也很有力，他的手指很长，指肚上有八个簸箕。小时候奶奶说，手指肚上簸箕越多的人将来越有福，我爷爷的爷爷的爷爷，手指肚上有九个簸箕，所以他后来做了知州。光良的手指肚上的簸箕比我爷爷的爷爷的爷爷少一个，至少也可以做个县长。但那时的光良还只是一个打工仔。

当然，那都是三年前的旧事了。

光良相信自己会出人头地，只是他没有背景，没有强硬的后台，所以一直没有机会施展自己的才华。遇到娅娟，光良很兴奋。他说："娅娟也许就是我命中的贵人。"娅娟的爸爸是一个很大的官，经常能在电视上露脸，比如慰问灾民，为老百姓送温暖之类。

……三年前，我站在香炉峰上，纵身一跃，我看到蝴蝶在半空中飞，看到彩云在飘，看到纯贞的爱情穿越时空，却被冰冷坚硬的岩石击得粉碎。

光良和娅娟站在香炉峰顶。娅娟强拉着光良摆各种各样的姿势。娅娟雪白的婚纱在阳光下格外耀眼。

光良的脸色越来越难看，以至于摄影师不得不停下来，让跟随的化妆师为他补妆。

其实不是补不补妆的问题，是因为他的那颗心。

一颗心破碎了，拥有再光鲜美丽的外表，又有什么用呢？我最懂光良的心，而娅娟不一定完全懂。这是我和娅娟又一个不同的地方。

"走吧，到那里去拍最后一张，拍完我们就回去！"娅娟说。

娅娟手指的地方，就是三年前我纵身一跃的地方。

光良的嘴唇抖了一下，我似乎听到他的心脏像玻璃般破碎的声音。

娅娟拉着光良站过来了，他们冲着我走过来了。

——不行，我得让开！他们肯定看不到我，而我却能看到他们。

他们面向摄影师，娅娟依着光良的肩膀，幸福地微笑着。光良没有一丝一毫的笑，他的上牙轻轻咬着下嘴唇。这在外人看来，显得很帅很酷。可我知道，光良不是在耍酷！

他们背后是层峦叠翠的远山，是深不见底的悬崖。

我看到，光良一只脚离开了岩石，他猛然伸开双臂，把娅娟推向最安全的前方。

光良想自己死，但他决不想娅娟和他一起死。

这时候我不能不出手了，我不能眼看着光良另一只脚再踏空。

我本可以在悬崖的最下面，等着光良的灵魂前来与我会合。

但，我不能那样做！

我伸手在光良的腰上轻轻用力，光良身体前倾，摔倒在悬崖边。所有的人都尖声惊呼，唯独光良显得很平静，他扭过头来，我看到他的眼睛里满是泪水。

他发现我了吗？

他知道我依然在深爱他吗？

光良，我的挚爱，我不是要你死，我只要你一颗忏悔的心就够了。

刻在树上的字

那棵树是他亲手栽的，在教室的后面。上课时，他一扭头就能看到那棵树，再一扭头就能看到坐在教室里的她。她在他的斜前方，他只能看到她的侧影，她的耳垂儿极白，弧线极优美，也许他最初就是因为爱了她的白皙的耳垂儿然后才注意到她，最后爱得魂牵梦绕。他那时常想：树一天天长高，她一天天长大，等他们都长大成人了，他就和她结婚，生孩子，他和她拉着孩子的小手去看那棵树，告诉孩子，树上的名字是妈妈的，妈妈的名字是爸爸刻的。想着想着，他就会露出开心的笑。

那时候，他们还都在一所中学读书。植树节学校组织植树，每人植一棵，挖坑、栽树苗、填土，给树苗浇水，每人承包一棵。她也在植树，由于要挖坑，要提水，她累得脸红扑扑的，汗珠儿晶莹地挂在额前颔下。他觉得她就是上苍派给他的公主，她的一举一动都令他沉醉。我是这样地爱她，总得为她做些什么！在一个月明的夜里他带着小刀，来到自己栽的小树前，用小刀刻下了几个字——×××，我爱你。

"我爱你"不久就被同学们发现了，在校园中掀起层层波澜，她成了大家议论的中心，也成了众人目光的焦点。是谁刻的字？真是色胆包天！班主任老师大为恼火，小小年纪不知学习，却学会早恋了。班主任进行了深入调查，发动广大同学进行无记名举报揭发……但数周过去，结果却是不了了之。

在这次"刻字风波"中,他心中惴惴不安,因为那些字就刻在他栽的那棵树上。然而,她看上去则精神始终特别好,面若桃花,走路昂首挺胸,就好像她已经和谁沉浸在热恋之中了。

爱一个人,就把这个人的名字深深埋在记忆里。十几年后他重返校园,那棵树还在,她还在。她大学毕业后,主动要求回母校做了一名教师。学友重逢,握手相看,感叹十几年光阴眨眼便过去了。望着自己的梦中情人,他心海澎湃,从侧面看,她的耳垂儿依然很白,依然是弧线极优美。

沿着校园的小路散步,他们来到那棵树前。树长高了,那几个字也长高、长大了,他能够清楚看到她的名字,还有"我爱你"三个字。"也不怕老同学笑话,这么多年来,我时常会来看这棵树,还有这树上的字。"她笑吟吟地说。

"为什么?"他的心一动。

"那件轰动全校的'刻字风波',是我最浪漫的少女故事了,说实话到现在我还在想,谁会这样写呢?我宁愿相信是他……"

"谁?"他的心快跳到喉咙了。

她慢慢地、一个字一个字地说出一个人的名字,遗憾的是她的梦中情人并不是他,而是当时他们班的体育委员!她说:"这是我的一个秘密,那时我在心中偷偷地爱着他。你知道那个年代,同桌男女还要划上'三八线',即使谁有什么想法,也只能深深地埋在心里。我天真地认为他也在偷偷地爱着我,他是选择了这种方式向我表达心中的爱意。我大学毕业分配回来,曾写信去找过他,他参军了,我们通过几次信,但从没有谈那场'刻字风波',我没问,他也没说。后来,当我鼓起勇气写信追问他时,却再收不到他的回信了。"

"为什么?"

"他在一次抗洪救灾中牺牲了。"她再一次抬起头,看着树上的字迹,眼角挂着晶莹的泪珠。他知道那个身强体壮的体育委员,在全县中学生体育运动会上一个人独拿三千米和五千米两项冠军,也曾在报纸上看到过那位同窗的先进事迹。他望着她,努力平静地说:"应该是他写给你的吧,肯定是的!"

他在她的肩上亲切地拍了拍,就像老同学和老同学重逢一样。

无援的初恋

大学二年级时，我爱上了显，可是开始他并不知道。

有一段日子，每到开饭的时候，我便站在宿舍的窗前，看到显端着饭碗去食堂，自己也匆匆赶下去，若即若离地跟在显的身后。学生食堂买饭的人很多，你拥我挤，我有充足的理由紧紧贴靠着显，他身上有一股很特别的气息，让人迷醉。

终于有一次，他感到来自身后的压力，扭身看到饱受拥挤折磨的我，侧身把我推到他的前面。显的手好大，胳膊很有力，我如一叶轻舟，被他轻轻一拽就偏离了自己的航线，停靠在他的势力范围之内。他的身体如一堵坚实的墙，我如小鸟在巢中一样安全。买完饭，我不忘回头充满谢意地望他一眼，他则风趣地冲我眨眨眼。

学校举办舞会，女伴们都尽情地在舞池里跳舞，舒展她们值得骄傲的身姿。我却固守一隅，若有所盼。显出现在门口，他略微驻足，目光和缓而自信地扫视整个舞厅。我的心激动得怦怦直跳，待我们目光相撞时，我如触电般，麻酥的感觉漫延至足尖。我羞涩地垂下头，成了一只心甘情愿的草原小鹿，等待他这位猎人从容地前来俘获。他微笑着朝我走过来，我看到了他锃亮的皮鞋停在我的面前，耳畔传来他绅士一般的声音：请你跳个舞好吗？刹那间，时间静止，唯有显的声音穿越时空，响彻云霄。在显之前，我以身体不适谢绝了几位男生的邀请，这是在有意等显的到来啊。

显的右手轻柔地托抚在我的腰肢，我把右手放在显的左手中，我仿佛找到了平生的依托。显说：我在校报上看到你的名字，你的诗写得不错。时间过得特别快，舞会结束，我和显已比较熟识，他送我到女生宿舍楼下，分别时，显依依不舍地说：你的眼睛真美，像秋季的清潭。显不知，他已入驻我的心之宫殿，成为谁也无法代替的主人。

　　一个星期六下午，显来约我。我们沿着古老的洛河缓缓而行。传说，曹植在这里因目睹洛神的芳容，而写下了流传千古的《洛神赋》。初夏的风清新而凉爽，带着洛水的湿润，我很快乐，小鸟一样跳跃吟唱。显的话却很少，后来我发现他的情绪不对，问他哪里不舒服，显只是摇头。望着阳光下显那心事重重的样子，我安慰他，不想说就算了，暂时忘掉烦恼，我们共享自然好时光！显抬起头深情地望着我，我忘情地扑进他的怀中。在洛河岸边，在那片宁静的小树林里，我有了初吻。

　　秋季一天，我走出校园，准备去称些毛线为显织一条围巾。在学院门口，遇到一位乡下打扮的女孩。女孩迎住我问：俺向你问一个人，叫显。少女特有的敏感使我警觉起来，我上下打量她，女孩有一双水灵灵的大眼睛，瓜子脸，小鼻子，小嘴微微地翘起，显得更加娇小可人。我不愿自己的猜测成为现实，就问：你是他妹妹吧？女孩脸一红，低低地说：俺是他的对象，天冷了，从乡下来为他送件毛衣。

　　如雷轰顶，我不知自己怎样回的宿舍，我趴在床上整整哭了一天，是那种无声的落泪。我明白显为什么这段日子情绪异常，总是欲言又止了。显在一个黄昏来到我的宿舍。女伴们又去跳舞了，宿舍里只剩下我们两人。显说：我一直想告诉你，可是又怕伤害你。

　　你这样做就不怕伤害我了吗？我责问他。

　　显沉默半天，才幽幽地说：我对不起你，我骗了你。显低沉暗淡的诉说，使我明白他的无奈。原来，女孩的父亲是村长，而显的哥哥结婚需地基建房，显的父亲去找村长，村长便提到了读大学的显，显的父亲只好答应这门亲事。显是善良的，那个美丽淳朴的女孩也是无辜的。刹那间，我理解了显无法言表的委屈。我问：她爱你吗？

显点点头。我又问：你爱她吗？

显不语，颜色苍白。他突然俯下身，把头埋在我的怀中。我平生第一次见到一个男人这样悲恸，这样的不堪一击。我抚摩着显有些长而散乱的头发说：没什么，让我们做个朋友吧。此后，我与显便很少来往。毕业时，我不知为了躲避什么，提前离开学校。后来听同宿舍的学友说，显在我所在的宿舍楼下站了整整一个晚上。

显大学毕业回到小镇上教书。春天时，我接到他的来信，那个送毛衣的女孩已成了他的妻子。我在遥远的省城真诚地祝福他们，而在我的灵魂深处，显还是那么清晰温馨，毕竟他是我的初恋！

跛脚夫妻

跛妞是镇东恒源酒家贺老板的闺女。

跛妞原来不跛，八九岁时在树上看戏，看到高兴处，手舞足蹈，忘了身在树上，"吧唧"摔下来，就成了跛子。虽然有点跛，但跛妞长得不难看，细眉大眼，肤白如玉，一瞧就是个美人胚子。长到十八岁，还爱看戏，锣鼓家什一响，跛妞就守不住神，再忙的活也放到一边，抽身往戏台下钻。看完戏，跛妞能大段大段地唱。有时戏台上的角儿偷懒或疏忽，跛妞能立即指出哪个姿势不正确，哪句戏词唱错了。她爹恒源酒家的贺老板总是骂："啥不好看，偏看些下贱的东西。"跛妞不服气说："戏好听，劝人向善哩！"

这年县剧团在东河坡搭台唱戏，跛妞在台下看一个三花脸儿学跛子走路，一脚高一脚低，屁股左扭右扭，贼像贼像的。跛妞又好气又好笑，心想：这人咋学得真像哩！散戏，跛妞转身要回家，被树后一个人喊住。跛妞扭回头看，是个方脸小伙子，粗眉细眼，狮子鼻大海口。看过半日，不曾记起是谁，就说："我不识得你。"

小伙子说："我叫迟雨春，台上唱三花脸儿的那个，三年前，我跟在你身后学走路——"

跛妞忽然想起来了。那次她买完针线回家，一扭头发现有个小伙子跟在身后学她走路的样子，气得她破口大骂人家要流氓，她爹贺老板还让几个店伙计把小伙子臭揍一顿。"是你啊！"跛妞惊得一拍手。"以后想看戏，找我好了。"迟雨春说，"我在戏台上就看见你了，你真是个戏迷！"跛妞想起从前的事，有些不好意思说："原来你跟在俺后面学走路是为了演好戏，俺不知情，真对不住你啊！"

县剧团在东河坡演半月戏，跛妞看了半月，竟和迟雨春恋上了。爹说："他是骗子，不是看中你，是看中老子的钱了。"跛妞说："迟雨春不是那种人。"爹说："决不能找个穷戏子。"跛妞说："他人穷志不短。"爹说："你嫁他，咱就断绝父女关系。"跛妞说："断就断！"爹说："好、好，我这就找人打断他的腿！"跛妞说："你敢！"

一天晚上迟雨春从戏院出来，要赶去赴跛妞的约会，突然从暗影里窜出几个大汉。其中一个问："你是迟雨春？"迟雨春说："你有啥事？""打！"那人一声喊，另几个人齐扑上来，拳脚相加就打。迟雨春是学戏出身，身上就有些功夫，对付几个人还行。那些人打得性起，看空手占不到便宜，就从背后抽出刀来，迟雨春胳膊上挨一刀，腿上挨一刀，身子就软了。那几个人把迟雨春拖住，用青砖照迟雨春的两个脚砸下去，扔下话："让你小子也变成个跛子！"跛妞赶来时，那伙人早已逃去，只看到血人一样的迟雨春。跛妞疯一般背起迟雨春往医院跑。

迟雨春在县医院住了半月，跛妞在他身边不分昼夜照顾了半月。跛妞问："你是不是有仇家？"迟雨春说："没有。"跛妞说："我知道了。"跛妞飞奔回恒源酒家，在二楼爹的房间质问爹："你为什么要这样狠地对待迟雨春？"贺老板脸阴沉沉地说："谁让他骗我的女儿哩！"跛妞说："你要杀他，就先杀我吧，咱们从此就断了这父女关系！"说完在地上磕了三个头，转身就走，任贺老板在后面如何喊叫也不回头。

跛妞回来对迟雨春说："你想知道是谁支使人这样干的吗？"迟雨春微微一笑说："我能猜得到，但为了你，我这次认了。"跛妞扑在迟雨春怀里说："我这辈子跟定你了，就是天王老子也不能阻止我们俩做夫妻！"

迟雨春的脚踝并没被砸碎，只是在伤愈后走路有些跛，但并不影响他演戏，倒是把那个跛子三花脸演得更出神入化，他竟成为南阳人眼中的名角。跛妞后来生有一女，七岁时就登台献艺，人称"七岁红"。"七岁红"现在南阳市豫剧团，是青年艺术家了。

1979年的春天

1979年初春，正是乍暖还寒时候。乡下没有电灯，学生晨读每人自备一盏煤油灯，灯很简陋，一只废弃的墨水瓶，瓶盖上打一孔，用铁皮做一圆腔，内放一组绵绒线做灯芯，点燃灯芯，油就从下面浸洇上来。有的同学爱在瓶外罩一纸筒，以期使煤油灯更明亮些。因长时间炙烤，那纸罩可能会引燃，但不会引起大火，相反一团火焰能为枯燥的晨读增添些许乐趣。

也许随着季节转换，仅有三年学龄的我在心底却种子般复苏了一种莫名的感情，喜欢上一个叫孟晶的小女生。孟晶的父母都在城里工作，不知是何原因她被安置到乡下随外婆生活。孟晶高个儿，白净皮肤，长腿，又爱穿一条方格子紧身裤，跑起路来像大草原上美丽的梅花鹿。我的同桌孔文成也喜欢孟晶，这家伙长着一个大红鼻子，鼻涕永远也擦不完似的。孟晶坐前排，孔文成有事没事就爱悄悄拍拍孟晶美丽的小肩膀让她扭头说话。我不知道孔文成哪里有那么多的话要和孟晶说，看到他们窃窃私语，我就会怒火万丈，想找机会给孔文成一点颜色看看。

那天晨读，孔文成一直津津有味地想把他的灯罩做得更高一点，结果，纸罩没多久就突然起火，且把墨水瓶内的油也引燃了，一团烈焰升腾而起，墨水瓶很有爆炸的危险，吓傻了的孔文成本能地猛力把墨水瓶往外推。事也凑巧，孟晶正扭身想看个究竟，那团火球就撞在孟晶的脸上，孟晶大叫一声，双手捂住脸……

晚上，我做了个奇怪的梦：在我家的厨房里，母亲正围着围裙在锅台前做饭，孟晶一旁给她做助手，而我正在灶前烧火。孟晶白净皮肤，方格绒上衣，方格紧身裤，两条长长的富有弹力的腿，她的神态贤淑而安详，美丽动人，我幸福无比，感觉她已成了我家的人——母亲的儿媳妇！一梦醒来，我大睁两眼努力追忆梦中有关孟晶的一幕幕，于是这个梦便清晰地刻印在我脑海中，孟晶成为除母亲之外第一个进入我梦境的异性。

孟晶受伤，第二天没来上课，有同学说她的左眼眉让烧坏了，可能要留下一个难看的疤痕。孔文成没有丝毫惭愧的表示，相反还有些洋洋得意，因为那几天大家提起孟晶自然就会说起他，他能够成为大家的话题，这可是孔文成求之不得的。愤怒的火一点点在我胸中燃起，我决定给孔文成一点教训。我是个玩弹弓的好手，曾经用弹弓射杀过枣树上的麻雀，我要让孔文成的红鼻头儿尝尝弹弓的滋味。经过用心侦察，我选择了孔文成放学必经过的一个小土包埋伏下来，孔文成果然如期而至，他背着破书包和两个女生又说又笑，不时用手擦一擦他的红鼻头。我取出"子弹"，放入弓腔，拉满弹弓，瞄准孔文成的红鼻头，松手，"子弹""嗖"地射出去……然而孔文成的鼻子完好无损，嘴却流出了血，吓得两个小女生转身就跑，我也悄然撤退。

一星期后孟晶重返校园，她红鞋红袜，雪白上衣，依旧是一条方格紧身裤，显得格外漂亮。上课时我想偷偷看看她的左眼眉处是否有伤疤，但她浓密的刘海正好把那伤处遮挡了，任我怎么努力也无法看到。孟晶感觉到我的目光，也侧过脸看我，我急忙将目光投向黑板。那枚"子弹"没击中孔文成的红鼻头，却打掉了他的两颗门牙。老师对此事件十分重视，声称一定要抓住罪魁祸首，还特意询问孟晶是否知道内情，孟晶急得掉眼泪说："我真的不知是谁干的！"这件事最终毫无结果，不了了之。

从那以后，孟晶很少理会孔文成，我俩的友谊相反却日渐升温。然而好景不长，孟晶的父亲回来要接她回城读书。孟晶要走了，我从此再难见到她了，伤感平生第一次爬上我的心头。春天已是百花争艳，可我的心还像冬天一样阴郁。经过踌躇与徘徊，我还是把那只自己最心爱的弹弓用红绸布包了送给孟晶，她惊喜地接过礼物，春天的阳光正照在她脸上，她纤纤的小手打开包儿，看到弹弓，忽然明白了什么，眼中闪烁着只有对英雄才有的敬慕的光芒，她凑到我眼前，轻轻用手拨开额前浓密的刘海说："你瞧，已经好了，没有一点儿伤疤。"我看着她那鸡蛋二层皮一样白嫩的肌肤，脸上露出会心的笑容。那一刻，成为我生命中的第一个春天。

春　妞

八爷住在小禹村村东打麦场旁边一间孤独的小屋里,睡觉前要撒泡尿是他多年养成的老习惯。十八年前,那时候春妞刚咿呀学语,八爷睡觉前出来照例要撒泡尿,忽然发现环村河的水涨出了岸,吓得他拿起脸盆就敲着喊:"发水了!要发水了!"把整个小禹村都惊醒了,也救下全村人的命。从此,村人都知道八爷这个老习惯了。

这一日天气晴好,垛成堆的麦秸在月亮地里反着银白的光。八爷开门出来,走近一堆麦秸,解开裤腰带儿,准备撒一泡就去睡觉。这时他耳朵里突然听到一种声音。八爷七十多岁,耳不聋,眼不花,月亮底下跑的野兔子,八爷端起土枪,叭,枪响野兔子就翻身倒地,从不失手。八爷今晚听到的这种声音却使他很不安,心中连叹世风日下,但眼皮底下的事他八爷不能不管,八爷猛地用力咳嗽一声。麦秸垛那边是一阵慌乱的响动,钻出两个人匆匆离去。八爷看得清楚:一个是仁贵家的春妞,一个邻村的后生武兴。

月儿高挂在天上,八爷呆愣愣在那里,站了很久。

次日一早,八爷叩响了春妞家的门。春妞开门见是八爷,小脸儿"腾"就红了,扭头喊:"爹,八爷来了。"转身进里屋再不出来。堂屋坐着穿戴齐整的城里女人,仁贵给八爷介绍说:"这是春妞她二姨,来给春妞办好事的。"八爷坐下说:"啥好事俺也听听高兴高兴。"仁贵说:

"你老也不是外人，她二姨想让春妞去南阳城里，条件是必须在城里那家什么工厂找个对象，交2050元买个户口，那家工厂还给她安排工作，咱春妞就算是城里人了。你说这不是天上掉下来的大好事吗？她二姨也是好心，前天特意从城里跑来给春妞说的，可是春妞这丫头死心眼儿，就是不愿意去，说要嫁邻村那个叫什么武兴的，你说，一辈子啃土疙瘩有啥奔头哩？"

八爷脸上一阵青绿，耷下眼说："仁贵你出来一下，我有话说。"两人到院外僻静处站定，八爷问："你这当爹是啥意见呢？"仁贵说："我是铁了心了，小丫头年纪小不懂事，这次她愿不愿意都得去，谁不知道城里比乡下好？人家工厂说只要和厂里人结婚，一定帮助安排工作！这不是天上掉馅饼吗？"八爷停顿片刻说："我这个人怎么样，这辈子在咱村有没有传过闲话，有没有胡说八道无事生非过？""八爷你这是怎么了，咱村谁不知道你老人家是个正派的大好人！"仁贵有点丈二和尚摸不着八爷的意思。八爷点点头说："有你这句话就好，我下边要说的话你听了可别生气，这话天知地知你知我知，我要让第三人知道出门就被天打五雷劈了。""有话你就说吧。"仁贵心中划一道儿，不知八爷会讲出什么话来。

"昨晚睡觉前我出去撒尿，这可是我多年的老习惯。"

"这我知道。"仁贵说。

"我碰到春妞和武兴在一起。"

"这我知道，她和武兴谈恋爱。这死妞，那武兴要钱没钱，要人样没人样，她这是图啥呢？"仁贵说。

"他们两人在那麦秸垛后面正在——唉，让我怎么开口说呢？"八爷抹一把老脸说："生米都已经做成了熟饭，你总不能再活生生给掰开吧？强扭的瓜不甜，再说万一让外人知道了……"仁贵木头一样呆在那里。

二姨最终悻悻离去。她始终不明白仁贵答应过的铁板上钉钉子的事突然黄了，不知道春妞用啥办法使向来说一不二的仁贵改变主意。春妞和武兴办完结婚手续，携手来看八爷。春妞说："我们请八爷去吃喜酒哩，我们要好好感谢八爷您哩！"八爷愣半天说："谢我啥呢？"春妞扑笑了，脸红得像三月桃花。春妞推着武兴让武兴说。武兴也脸憋得通红说："那个晚上，是春妞和我商量好的，故意做个架子让你老人家看到的，多亏你去给她爹捎话才成就我俩的婚事……"

八爷猛一拍脑袋，笑骂："哎呀，春妞你个鬼丫头，把你八爷当枪使了！"

策划爱情

神秘亿万富翁电视征婚：欲寻善良、聪明、漂亮、22 岁左右女性为伴，应征者请与电视台策划部吴明先生联系。这条征婚启事刚播出，立即轰动了整个禹州。

应征者如潮般涌来，电视台不得不专门成立"策划爱情"临时办公室。全国十大知名策划人之一——吴明，亲自设计了十几道考试、面试关，凡来参加者，必须要经过这十几道关卡。禹州电视台专门开辟"策划爱情"栏目，对整个考核过程进行实况转播，充分体现公平、公正、公开的原则。

三位女士一路过关斩将，最后终于杀出重围。然而，二十几位专家对这三位的考核打分结果一模一样，而且她们也确实一样善良、一样聪明、一样漂亮。专家们无法评判三个人究竟谁更胜一筹。策划人吴明提议，因为"策划爱情"栏目收视率雄踞各频道之首，在全国也产生了巨大反响，她们三人孰强孰弱应该由广大电视观众投票决定。专家纷纷表示赞同。

电视观众们踊跃参加评选，"策划爱情"临时办公室收到来自全国各地数千万张选票。但投票结果再次出现奇迹：三人获得票数一样多，谁没高一分，谁也没低一分。

吴明似乎胸有成竹，决定举办一个《策划爱情》大型文艺晚会，届时，那位神秘的亿万富翁将亲临现场，由他来提出本次"策划爱情"活动的最后一道考题。电视台随后发布公告："策划爱情"大型文艺晚会将于某月某日举办，禹州电视台独家现场直播，到时候很可能会有出人预料的情景。

晚会如期举行，策划人吴明亲自担任主持人。千呼万唤，神秘的亿万富翁终于现身，他很英俊，也颇具绅士风度。他与三位姑娘握手说：我叫孔正，我给你们出最后这个试题，说是试题，倒不如说它更是一个事实，请三位认真考虑后再给我答复——我并不是亿万富翁，只是一个普通职员。我诚实善良，热爱生活，渴望拥有一份没有被金钱污染的纯真爱情。请问，你们谁愿意嫁给我？

不仅三个应征者愣了，电视机前所有的观众都目瞪口呆：原来并没有亿万富翁，这只是一场被策划的爱情！

此时，主持人吴明却十分平静地说：我没有欺骗大家，这个策划中的确有一位亿万富翁，他是我的一位好朋友，请原谅我不能说出他的名字。他在事业上是成功者，但他的爱情却很不幸。虽然有许多女人追他求他，但这些女人并不爱他，而是爱他的钱。几经爱情坎坷与磨难，这位亿万富翁不再相信人世间还有纯真的爱情。作为一个职业策划人，我给他提出这个大胆的策划——亿万富翁电视征婚，当然，他不是男主角，男主角换成了现在的孔正先生——一位普通、善良的职员。而这位亿万富翁朋友愿意资助这个策划活动。我们之间还有一个约定，至于这个约定是什么，还要等我们这次"策划爱情"最终结果出来。现在，请观众朋友们先观赏节目！

歌舞小品十分精彩，著名相声、小品艺术家们的表演让观众哈哈大笑。但所有的人心中最关心的，还是这三位最优秀的姑娘将何去何从？

半小时后，三位女士走上舞台。女士甲说：我退出。

吴明说：能问为什么吗？

女士甲礼貌地一笑说：我能回答"无可奉告"吗？

女士乙说：经过考虑，我也决定退出。

观众聚精会神，还剩最后一位，她将做何选择？

女士丙向前一步，神色庄重地说：我愿意嫁给他！

吴明问：能否告诉观众，为什么？

女士丙说：在我的心中，我的未来丈夫是不是亿万富翁并不重要，重要的是他热爱生活，诚实善良！我想我的选择没错。

吴明说：现在孔正先生已经找到了愿与他结为秦晋之好的女士，我想此时此刻，我的那位不愿露面的亿万富翁朋友，你一定在电视机前看到了这一幕，我想对你说，也想对所有的电视观众说，相信爱情，相信这世界上有真正的比金钱更珍贵的爱情！

礼仪小姐捧着一个红绸裹着的托盘走上来，托盘里放着一枚结婚钻戒和一张崭新的汇票。

吴明请孔正给女士丙戴上结婚钻戒，然后说：现在请打开已属于你们的那张汇票，好吗？

两人打开汇票。

吴明向观众宣布：我和那位亿万富翁朋友约定，如果孔正先生能征到愿与之结婚的女士，他就送出这份礼物——一百万人民币。

梦里西施

老袁不是北京本地人，是山东农村人。

老袁的儿子在北京一家高档酒店做管理员，专门负责采购烟酒。给那家酒店供货的一位老板为巴结老袁的儿子，给老袁在自己公司安排了一个差事，让他看守库房。老板的库房离我的租屋不远，隔着五扇门就是。说是库房，其实主要是两名员工的宿舍。一名是老袁，另一名是年轻人。年轻人总是换，爱半夜唱歌的小伙走了，又来一个说话结巴的小伙……换来换去老袁一直没动窝儿。

老袁基本不做体力活，只守着库房。库房里极少放货，偶尔放几箱酒。老袁没事儿便在门前晃荡，在这个大院里晃荡。

我写作之余要出去走一走，碰上老袁，两人便聊一会天。老袁的老伴几年前病死，只剩下他孤单单一个。老袁并不老，五十多岁。老袁也不像农村人，平日里穿戴齐整，头发微微有些卷曲，梳理得很顺溜。老袁的儿子极少来，老袁有时候去看儿子，偶尔把小孙子带过来玩一两天。大多时候，老袁都很寂寞无趣！一天，老袁悄悄告诉我，他看上大院里一个老保姆。

大院是一座干休所，大都是退休的老干部。子女不在身边，或者一个个忙得脚打后脑勺，根本照顾不了老人，于是大都雇有保姆。老袁看中了其中一个老保姆，并且托人去问。

"怎么样？人家同意吗？"我问。

老袁苦笑着摇头。

"为什么？"因为写小说的缘故，我万事都爱问个究竟。

老袁说："人家也没说！"

过了几天，我正在电脑前码字，老袁进来了，手里拎着瓶二锅头，问我有没有空。我当然不会拒绝，简单做两个菜，两人便喝酒。老袁话慢慢多起来，说他和老婆一起生活二十多年，生有一儿一女。儿子在北京，女儿在山东老家。他和老婆却没什么感情，甚至老婆病死他也不感到悲伤。然后，就谈到了那个保姆。

"那天我没事儿在院里瞎晃荡，突然一抬眼就看到她了。她推一个三轮车，车上坐着一个瘫痪的老干部。当时我的目光就被她吸引了，那眉眼神态、举手投足都令我惊心动魄。活大半辈子，直到遇上她我才知道什么是爱情，爱情就是让人既痛苦又幸福的东西！"老袁说着两眼满是向往。

情人眼里出西施，老袁说的那个老保姆我见过，很普通的农村妇女，并没有什么特别。我问："老袁，你就没再找一找她？"

老袁叹口气："这种事情咱咋好开口？我倒是托人又去说，她还是不松口。看来我就是只癞蛤蟆，这辈子都别想吃上天鹅肉！"那天老袁喝多了酒，哭哭笑笑，嘴里一直在说那个保姆。我惊诧爱情的力量，竟然能使一个五六十岁的老头变得像春心萌动的痴情少年。

过去半年。一天晚上，我陪妻女从外面散步回来，突然看到老袁和那个保姆肩并着肩往外走。老袁一脸意气风发，仿佛一夜间年轻几十岁。我为老袁暗喜，心想改日有机会，我得向老袁仔细询问他是怎么打开老保姆情感之门的！

然而从次日起，我再也没有看见过老袁。问曾和他住同屋的小伙子。小伙子说："今年老板生意不好，老袁已经回老家山东了。"我猜想老袁大约是在离开北京的前一晚上，鼓足了十二分的勇气，把那位他心仪已久的老保姆约了出去。

事情转眼过去近一年，我也几乎忘记了老袁。忽然一天，竟然接到老袁的电话，他问我好，向我打听那个保姆还在吗？她的身体怎么样等等？我说，她还在，只不过原来服侍的男主人已故去，现在又服侍另一位失明的老干部。

老袁连连说："她身体好，就好！"

我忽地想起老袁离开北京前夕的一幕，问："那天，你是不是和她约会了？"

老袁嘿嘿笑，说话也吞吐起来："我要离开北京，心想可能到死都见不到她了，所以才鼓足勇气约她。我们走了很长的路，我请她在肯德基吃了一顿外国大餐。老外的东西并不像我想象的那么好！"

我半开玩笑地问："仅仅是请她吃顿大餐吗？没有做别的？！"

老袁在那边肯定早红了脸，讪讪笑道："还有，我碰了她的手，在递给她大桶冰镇可乐饮料时碰的！"

我故意穷追不放："只是碰一下手？"

没想到老袁很知足地说："能碰碰她的手，我这辈子就没白活了！"

礼品的自述

　　一双粗糙干枯的老手从售货员细嫩如瓷的手中接过我，万分珍惜地放进一个粗制的挎篮，我知道自己终于被交到消费者手中。但我做梦也想不到，此后的经历将是如此周折、传奇，而极具讽刺意味。

　　我是一件奢侈礼品，商场标价888元，其实从加工厂里生产出来，成本价不过8元钱，被放进豪华的包装盒送到高档商场，我的身价就上百倍地增加了。商场柜台里，我发现上下左右都是极尽奢侈的高档礼品，私下相互交流才知道，所谓千元乃至万元的礼品，成本只不过几十元、几百元。在这个盛行假劣与欺诈的时代，只要你有豪华的虚伪外衣，就能卖个好价。价格如此昂贵，谁会来买？我的同胞猜测，有的说可能是大老板，有的说可能是大官员，虽说法不一，但大家一致认为，普通老百姓肯定不会买。

　　然而我们都错了。极尽奢侈豪华的礼品一个又一个被那些穿着普通甚至寒酸的消费者买走。我不相信这种事实，难道社会真的颠倒了？没钱的老百姓买得起豪华奢侈的礼品，有钱的大老板、高官却舍不得花钱！

　　随着粗糙老手，我来到郊区一处小平房里，狭窄的住处阴暗而潮湿。主人是一对年近半百的夫妇。我被小心地放在一张油漆斑驳的桌上。女人问："花多少钱？"男人说："880元。"

　　女人叹口气："顶咱一个月收入。咱这个月就只能吃咸菜喝稀饭了。"

男人安慰女人："把它送给领导，咱儿子的工作就有希望了。"原来，老两口有一个大学刚毕业的儿子，他们想给领导送份贵重礼品，以便能得到领导的关照。

月黑风高的夜晚，粗糙老手带着我敲开了领导的家门……我被留在领导家。粗糙老手千恩万谢离开之后，领导夫人在我的身上摸了又摸说："这个正好有用处。你在这个位置上当领导五六年，总该升升了吧？"

领导嘿嘿一笑："我不是在等机会吗？副上级刚退休，我不能立即就跑到正上级那里要官！"领导将我放进一个储物柜。没过两天，原本宽敞的储物柜已挤满各式各样奢侈豪华的礼品。这天，储物柜的门开了，领导将我和另外几件礼品抱到他的小轿车上。

又一个月黑风高的夜晚，我被送到领导的正上级家。正上级夫人望着一堆礼品犯愁，这么多礼品，吃不完，喝不完，往哪儿放啊，拿去给楼下的小商店换成钱得了。正上级伸手拦住："千万不能，你这不等于让天下的人都知道我在收受贿赂吗？我精心经营的清正廉明的形象不就毁了吗？放到储物室去吧。"

领导的正上级的家里礼品太多，把偌大储物室堆得满满的，我被挤压在中间，连喘口气都困难。一天两天，一月两月……我感到自己体内悄然发生着变化。又不知过多久，储物室的门打开了，领导的正上级的夫人对一个人说："把这些发霉变质的都扔到垃圾堆里。注意不要让外人看见！"

片刻之后，我面前豁然一亮，终于又见到光明了。这时，一双粗糙干枯的老手伸过来，我大吃一惊，这不是那双将我从高档商场带回家的粗糙老手吗？粗糙的老手并没有认出我，他将我随同其他发霉变质的礼品搬出领导的正上级的宽敞的家。粗糙老手没有听从正上级夫人的话，而是偷偷在垃圾堆旁细心分拣，我再次被粗糙老手带回那间位于郊区狭窄阴暗潮湿的平房。

"老婆，瞧，这么多好吃的！"女人剥开我奢侈的外衣，完整的我呈现在老两口面前。粗糙老手抖动着撕下一块，递给女人："尝尝这高档礼品啥滋味！"我被女人吃进去，经过口腔，穿过咽喉，进入胃里。突然迎面扑来一团网状东西，将我牢牢套住，我努力挣扎，仍无济于事。这时，我的体内不知不觉又发生了一些变化，一种新物质诞生了，它由一个细胞，急剧裂变为两个，再裂变为四个……

　　完了，我变成一个可怕的癌，深深扎根在女人胃里。

许老怪

西山的投影重重落下来，砸在东山的半腰上。沿山沟一阵风来，岩石兀立，野草乍动，竟生出些许凉意。许老怪脱下褂子，光着黝黑的脊梁，走一阵，擦一把汗，骂一句：奶奶个熊。

小儿栓子考上大学，在山村百年不遇。王私塾有板有眼地指点：过去这就是中举，修几年出来，能做县太爷。许老怪高兴得带栓子去祖坟祭了一回。那坟多年没修缮，满是荒凉寂寞。许老怪让栓子给祖坟上土，自己用手一根一根拔杂草。祖上积德，才有今日。许老怪满怀感激自言自语。

栓子却一脸愁苦地说：爹，这学我看还是不上了吧！

为啥？许老怪皱起眉头，追问再三，栓子才吭哧出原因：上学要先交2000元学费。

许老怪默默地蹲下，取出烟袋，两眼盯着坟丘，许久没吸一口。坟旁那一株苗儿茎叶直直地往天上刺。半晌，他忽一瞪眼说：老子就是砸锅卖铁这学你也得给我上！

次日一早，许老怪赶着家中的老黄牛走出山坳。

天渐渐黑下来，一轮浅月支在山尖，淡淡的月光，映出窄窄的山道，蛇一样曲折蜿蜒。许老怪感到腿沉甸甸的，胸有些闷，长喘口气骂：奶奶个熊啊！老不中用了。就想起自己年轻时的风光：背着并不美丽的栓子妈，一口气走七八里山道，不让她脚尖沾地。女人真是水做的骨肉，又轻又柔。那一日，山高水长，晴空万里。

二十年过去，女人老了，儿子大了。许老怪想到儿子将来还能当县太爷，像电影《七品芝麻官》中的县太爷那样审诰命，忍不住咧开嘴呵呵笑几声。

前面草丛里一阵晃动，把许老怪惊回现实。啥熊玩意儿？许老怪大吼一声。荒草后边站出一个高高大大的汉子。昏黑的天猫在这里做啥呢？许老怪警觉地立住脚。借点钱花。那人说。没钱，要命有一条，有本事你就来拿。许老怪握起干瘦粗糙的拳头。俺不要命，俺要你的钱。大汉扑过来，伸手抓许老怪。许老怪一架胳膊：奶奶个熊，原来是个劫道贼！

天大山大。山谷里一大一小两个身影绞在一起，四只脚把石蛋儿划得哗哗响，一片又一片草倒折下去。不到半个小时，许老怪瘫在地上，劫道贼挣扎着起来，在许老怪衣里衣外翻几遍，只找到五角钱。王八蛋，五毛钱和老子斗半天。劫道贼踹许老怪一脚，转身一瘸一拐消失在黑暗里。

山风呼呼，有小兽在山顶望月嗥叫，声音长短不均。许老怪慢慢从地上坐起来，擦了擦嘴角血污，脱下鞋，抠摸半晌，从鞋底抠摸出一叠钱来，就着月光数了数，不多不少，2000元。这是他今天到镇上卖牛所得的钱。许老怪嘿嘿笑道：奶奶个熊，还和我许老怪斗哩，你还嫩点儿。

空旷的山野，荡起一个喑哑的声音：当官不为民做主，不如回家卖红薯……

储蓄密码

上学时期，我没有挣钱，亦无钱可存，当然就没有储蓄存折。

参加工作后，吃住在家里，没有另立门户，自己懒得管理钱财，工资一发，除留点儿零花，其他如数交给母亲看管。母亲象征性抽取一点钱作为我向家中交纳的生活费，绝大部分都替我存到银行。母亲说："不能大手大脚花钱没谱儿，将来有你用钱的时候。"我开玩笑说："保存好，千万别丢了！""丢不了，存折谁拿去没密码他取不出来。"母亲为自己的做法自豪。

23岁那年，我步入人生最烂漫的季节：花前月下、海誓山盟，甜蜜的初吻让我阳光明媚……青春期该经历的烂漫事都照章不误一一体验。我与一个小女子相恋到了如胶似漆、浑然忘我的境界，谢天谢地，一切都水到渠成。

明察秋毫的母亲看出儿子生了"外心"，果断做出英明决策——把那张存折交到我手说："这钱妈不给你管了。"我说："妈，你不给我管，谁给我管呢？你不能甩手不管自己的亲生儿子吧？"母亲笑眯眯地说："别和我装糊涂，你自己管不了钱，就找个能给你管钱的！"

存折上面果真写有密码标记，问母亲密码是多少，母亲脱口说出一长串数字，我惊诧母亲突然间有了这么惊人的记忆。母亲说："妈忘性大，就找了这么一串不会忘的数字。你出生的日子，妈埋到土里也忘不掉！"

"你自己的生日数字更不会忘呢!"我随口说。

"傻儿子!"母亲转身去忙她的事。

拿着存折,我到银行办了一个自认为该办的手续,然后跪到恋人面前。

一张崭新的存折交到了恋人手上,虽然数额不大,但存款人姓名不是别人,正是她自己。恋人芳心大动,眉眼中就含带几分朦胧春色。礼轻情义重,我乘机讨好说:"我的积蓄全在这里了,你要保存好,为防意外,我把这存折还设了密码,你莫忘记啊。"

恋人问:"什么密码,我记不住!"我说:"你一定记得住。"随后说出一串长长的阿拉伯数字。恋人听罢,立即伸开双臂,做小燕子展翅状扑入我怀:"我的傻老公啊!"

为表忠心,我把密码设置为恋人的出生年月日。财政大权移交没多久,我俩就手拉手踏上红地毯。洞房之夜,她陶醉地问我,怎么想起要把存折交给她,并用她的生日做密码?我想半天,也不能给她一个满意答案,气得她直拿纤纤玉指点我的脑门:"你呀,真傻得可以,若遇上骗子,非把自己卖了不可!"我不服气:"我这不是没遇上骗子嘛!"

婚后,两人工资合二为一,放在一个存折上。保管大权,我坚辞不受,妻只好暂且行使。

某日,单位分房急需现金,妻正出差在外,我打电话追去,妻在电话中费不少口舌,终于使我明白存折放在何处。找到存折,匆匆赶到银行。漂亮的银行小姐问密码,我一拍脑袋,后悔忘了问妻密码是多少,急中生智,把妻的出生年月日输入,屏幕显示:错误。漂亮小姐说:"自己家的存折密码都忘了?"我说:"对不起,我这人脑子不太好使,你多包涵。"

将自己的出生年月日输入,又是错误。小姐看过来的眼光就有些怪怪的,仿佛在说:"真是你家的存折吗?"门口两个保卫已经慢慢踱到我身边,手中的警棍一晃一晃的,随时准备出击。

我脸红脖胀,急中生智,灵机一动,将妻和自己的出生年月各取后三位数字输入，屏幕显示：正确！

我激动得差点三呼万岁。回家细想，方才体味到妻用心良苦。当晚，倍加思念出差在外的她。

光阴荏苒，转眼女儿出世，两人世界变成三口之家，生活掀开崭新一页。我与妻更加努力工作，希望能多多挣钱，给女儿建造一个更温暖舒适的家。

又一日，因需要为家中购置电脑，向妻子申请需要存折取款。拿了存折，抬脚要走，妻在身后喊："回来，没告诉你密码呢！"

"我知道，不是你、我生日最后三位数字的组合吗？"我转身迷惑地看着妻。

"早改了。"妻一脸骄傲，脱口说出一串长长的数字，我感觉耳熟，仔细地想：既不是自己的出生年月日，也不是妻的出生年月日，更不是我与妻出生年月日的组合。遂惴惴不安地问妻："这么长一串数字从哪儿来的？不会是你心中有了别人吧？"

妻嗔怪地当胸擂我一拳："你连宝贝女儿的出生年月日都忘了！"

顿时大悟。不知为何，又回想起几年前母亲交到我手上的那张存折和她精心设下的密码，禁不住鼻子一酸……

好人之死

南阳大王庄会计秀成他爹王棉华在我眼中是个大好人。王秀成家在村里辈分很低,王棉华五十多岁了,还要向我们光屁股蛋的娃儿叫叔——见我就喊大叔,见我弟弟就喊小叔。王棉华拾粪起得早,每天清晨我抹着眼屎起来撒尿时,他已经扛着粪筐在村里转两圈半了。看到我他会极认真地打招呼:大叔,撒尿哩。我说:你拾粪呢!有时,我想到自己蹲在地上拉屎,他扛着粪筐站在我身后等着捡拾的样子就想乐。其实,他拾的是猪屎、牛屎,一般不捡人屎。

我小时候不是个好孩子,数次偷偷往吃水井里撒尿,然后告诉母亲说:不要去那个井里打水吃了。有几次被王棉华看见,他就一把拉住我,当然很小心地用力,生怕扭伤我哪根筋了,一边说:大叔,这是大伙儿的吃水井,要进嘴的,可千万不要糟蹋了啊!我只好提起裤子,拍拍屁股说:知道了,忙你的去吧!

有一天,我看见王棉华一个人孤零零地坐在土丘上,脸色和往日比起来,是更加瘆人的乌黑。我走过去叉着腰问:你这是怎么啦?他抬眼看着我摇头说:大叔啊,我腹部疼得很哪,秀成的表哥说我得了绝症,诊断书都发给我了,我恐怕活不多久了,我不想连累秀成他们,我该咋办呢?

我常常在被母亲打完屁股后,十分生气地想:我要一个人走进村后老北山那座原始森林里不出来,让他们再也见不到我。所以当王棉华问我时，我脱口而出说：你走进老北山里吧，谁也找不到你，你也不会连累秀成他们了。没想到王棉华听了我的话，很激动地说：我早看出来了，你真的是聪明绝顶啊，将来准有大出息，谢谢你给我出的主意。我进去了就再不回来了，大叔，我怕再也见不到你了。

我说：那秀成可要省下给你买棺材的钱了。

是啊，是啊，我算白养他了。王棉华叹口气，能让他省几个子儿就省几个吧，谁让咱穷啊！

第二天，王棉华真的不辞而别进了深山老林。我说：秀成，你爹是想为你省几个棺材钱呢！娘在一旁"啪"地打了我一记耳光，打得我眼冒金星。秀成抹着眼泪说：三奶，你别打我大爷，他说得对啊，俺爹是想给俺省几个棺材钱哩！

有三个月或许更长时间没见到王棉华，我想他八成已经死了，让深山老林的大灰狼吃了也难说！再后来因为我的事情比较多，慢慢地就把王棉华这个人忘记了。

一天，我又偷偷往吃水井中撒尿，一只手轻轻地将我拖离井沿儿。我回头一看，吓得尿也没有了：王棉华正冲我笑呢！他长头发脏黑的脸，衣服已经破烂不堪，双手的指甲又黑又长，像传说中厉鬼的指甲。我"噌"一下窜出老远，指着他问：你是人还是鬼？一边就想拿拳头往自己鼻子上砸，据说，人的鼻血可以吓跑厉鬼。

王棉华说：大叔，你别怕，我是人啊。

王棉华告诉我：他是抱着必死的决心走进老北山原始森林的，他没有目的地走啊走，渴了就喝沟里的水，饿了就摘树上的野果吃，累了困了就随便找个地方躺一躺，反正自己快要死的人，什么狼虫虎豹都不怕了，怎么开心就怎么过吧。这样不知过了多少个日日夜夜，他感觉腹部不像原来那么痛了，身体恢复得像从前一样强壮结实，他就想回家了。于是这一天他终于走出森林，他发现眼前就是南阳大王庄，走进庄子就发现我正要偷偷往井里尿尿。我说：王棉华，这真巧啊！你是专门回来捉我不让我尿尿的吧？我高兴得差点扑过去拥抱王棉华。

秀成的表哥是县医院的大夫，医术很高，听说在北京和省城都进修过，当初就是他在诊断书上签字说，王棉华活不过两个月的。秀成表哥听说王棉华从原始森林中出来，原有的病状全无，身体又恢复了健康，十分吃惊，拉着王棉华去县医院做免费复查，果然原来那块肿瘤不但一点没有增大，反而缩小至只有青枣粒儿那么大，而且表面被无数丝网紧紧裹着。秀成表哥很想知道究竟是什么治好了王棉华的不治之症，而这只有通过手术，将肿瘤外面那层丝网取下来检查才能知道。王棉华说：为了医学的发展，为了以后谁患这种病都有救，我就贡献一次吧。于是王棉华不顾秀成及其家人的阻拦上了县医院手术台。

王棉华走进手术室就再没有站着出来。那块病体肿瘤虽被取出，但王棉华的肌体却被感染。不久王棉华就死了。秀成表哥说：不做手术他还能多活几年，都怪我医术不高。秀成又悲又怒，要把他表哥和县医院告上法庭。秀成表哥说：表弟，别告了，姨夫他事先都把遗书立好了。秀成从表哥手中接过遗书，上面写着：我愿以自己的身体做试验，手术若失败不追究大夫和医院的任何责任。但愿大夫能从我身上找到治疗这种疾病的药方，让世上的人永不再受这种病痛的折磨，更好地活下去。遗书署名：王棉华。

母爱力量

　　我大学毕业，分配到禹城工作。从住地到工作单位，要走过一个大大的十字路口，然后是一条长长的巷道。

　　那个十字路口可以说是禹城的中心地带，却居然没有红绿灯，也很少有交警执勤，因此交通显得有些混乱，南来北往的人常常在十字路口碰头，开车的、骑车的、拉架子车的、横穿马路的，你不让我，我不让你，话不投机便争执起来，骂爹骂娘，拳脚相加。

　　十字路口四周有商场、宾馆和招待所，还有禹城唯一的一座电影院以及许多火柴盒式的小商店门脸儿，卖什么的都有。十字路口往南不远有一家邮电局，我偶尔会去邮电局给母亲寄封信。母亲爱絮叨，我就是在母亲的絮叨声中长大的。现在，虽与她老人家相隔千里，母亲坚持三天两日就给我来一封信，我的衣食住行吃喝拉撒她都要为我考虑到，而且时常在信中责怪我不给她回信。我向她解释，我又不是学中文的，有事没事爱长篇大论地抒情，哪有那么多话要讲呢？！

　　一个阴雨霏霏的下午，上班路过那个十字路口，我无意中抬头，看到有个女人正站在那里，来往的车一辆接一辆从她身前身后呼啸而过。这时候一辆摩托车疾驶而来，她却不顾一切迎上去，愤怒地挥动双臂，厉声喝叫："慢一点，你撞死人啦！"摩托车不得不戛然而止，女人冲上去，伸手抓住车把儿，把一张脸凑上前，仔细地看那驾车的人，然后失望地摇头说："不对，你不是！"被拦截的人气恼地扔下一句"神经病啊你！"一踩油门，车屁股冒股烟儿，走了。

"这个女人怎么回事儿？"我向路边一个卖香烟的老头打听。"一个可怜的疯女人。"卖香烟的老头懒得动嘴。

"警察为什么不管？"我问。

"禹城那么多事，警察管得完吗？！"老头反问我。

进入雨季，禹城的天总是阴的。逢雨的日子，我总能在十字路口见到那个疯女人——雨水打湿了她的长发，一缕缕垂散在前胸后背，花方格衣服紧紧贴住单薄的身子。纸一样惨白的脸上，那双大而无神的眼睛，漠然注视着长长的街道，偶尔有摩托车驶过时，它们才会突放异彩，变得像匕首一样刺过去，同时厉声喝叫："慢一点，撞死人啦！"……

疯女人看上去和我母亲年纪差不多大小，但实际上她并不大。听卖香烟的老头说，还不到四十岁！她为什么总在下雨天出现在这个十字路口？为什么她总是只拦截那些疾驶而来的摩托车？为什么她总是喊叫着同一句话："慢一点，撞死人啦！"……这些问题也曾在我的脑海闪过，但我却从没去追问个究竟。

她是个疯子！我所知道的仅此而已。

立冬后，小雨夹雪，一连几日不断。小城浸泡在迷雾之中，整日没有睡醒的样子。那天，我因感冒起床较晚，胡乱抓了两口饭就往单位赶。远远看到十字路口的人群一阵慌乱，有人惊叫着："撞死人啦！"很快就围聚起一群人。某种不祥的念头在我脑海闪过。我急忙跑过去，挤进人墙，疯女人躺在地上，双手还死死抓着一辆倒地的摩托车扶把儿，她的腰际有一摊鲜红的血，花方格衣服已被那血洇湿了大半。

车是一辆蓝色"野狼"牌摩托车，车主是个胖子，光头，中等个儿，一脸横肉，脸颊上有条刀疤，闪着紫青色的光斑，脑袋紧连着肩膀，几乎看不到脖子。这时他刚刚从地上爬起来，皮衣皮裤上都是污浊的泥雪。他摊着一双沾满血渍的手，恼怒地向围观的人们诉说："我正骑着摩托车前行，这神经病、贱女人不知从哪里突然窜出来，抓住了我的车把。这个疯女人自己找死，撞死他妈的活该！"

　　围观的人议论纷纷。有人说：你的摩托车开得太快了，哪有你这样在大街上开车的？有人说：这是个疯女人，大脑不清楚，早晚得出事儿。还有人说：她在这个十字路口可是有些日子了，每逢下雨下雪的天气，我们总能在这里看见她，好像是受了巨大的刺激……

　　我看见地上披头散发的女人缓缓睁开眼，眼睛里闪烁着理性、智慧的光芒，她的嘴角微微翕动，从牙缝里挤出这样几个清晰有力的字："烧成灰我也识得，三年前就是你在这里撞死了我的儿子，我五岁的儿子！"所有人都听到了这句话，包括很快闻讯赶来的公安人员。公安人员把疯女人和那个驾车肇事者带走了。

　　望着空旷的十字路口，我呆立好久。后来忽然想起应该到邮电局给母亲打电话。我说："妈妈，你下班路上要小心些！"母亲笑一笑说："知道了，什么时候我儿子长大了，也学会关心他老娘了！"我说："现在路上车多人多，你要小心呀！"母亲感到我的情绪不对，着急地问："儿子，你怎么了，又失恋了？还是有其他什么事？"我说："没有！真的没有！"放下电话，望着远处雨雾迷蒙的十字路口，我又呆立了许久。

　　隔日，在禹城晚报头版，竟读到一则消息：一位母亲三年来，每逢下雨下雪天就苦守在儿子遭遇车祸的地方（她儿子死于一个雨天），终于在日前抓到撞死自己儿子的真凶……文章标题是《母爱力量》。我的眼前又闪现出那个疯女人：雨水打湿了她的长发，一缕缕垂散在前胸后背，花方格衣服紧紧贴住单薄的身子。纸一样惨白的脸上，一双大而无神的眼睛，漠然注视着长长的街道。

　　那天下班路过十字路口，我忽然发现，那里已安置了红绿灯，并站着一个执勤的交通警。

小民老师

小民老师是我小学三年级时的班主任兼语文老师。

小民老师是校长的女儿，那时候也就二十出头的年纪，长得又瘦又高，夏天穿一件橘红上衣，下身是一条黑裤子，更显得身材修长，风一吹就仿佛一摇一摆的。小民老师是瓜子脸，小鼻子小嘴，更显杏眼的大而明亮。她身上有一股淡淡的薄荷的清香，从你身边走过，那香就会扑入你的口鼻，令你心旷神怡。那时候，小民老师在我眼中是全校乃至全村最漂亮的女子。因为她的美丽，她也常常成为学生和老师们注目的焦点。

我小时候体质很差，又生性怯弱，因此常独来独往，不愿和谁发生冲突。同学中有一个叫赵青山的，有一段时间常在放学的路上跟在我后面大呼小叫，提名道姓地向我挑衅。我先是隐忍着，后来便告诉给小民老师。小民老师把赵青山叫到办公室批评了一通。赵青山平静两天，又更加凶猛地找碴儿与我闹事。我羞于再把这事告诉小民老师，又不愿让家人知道，只能听到装作没听到，心里却十分痛苦，不知该怎么办。

数日后，小民老师把我叫去。她和我面对面坐下，然后静静地看着我。她的目光中有一种无法表达的东西，使我惭愧地低下头去。她又沉默片刻说："小显，看着我的眼睛可以吗？"我抬起头。小民老师直视着我："你怕赵青山，是吗？他有一双手你也有，他有两条腿你也有，你为什么要怕他呢？他是老虎能把你吃了？……"

离开小民老师办公室时,我的眼中没有眼泪!

那天放学我不再逃跑似的匆匆往家走,而是有意放慢脚步等赵青山。果然,他又远远地跟上来,像往日一样,叫嚣着,他的几个同伴也发出嘻嘻哈哈的笑声。来到一片树林下,我扔下书包站住,回身怒视着赵青山。他先是一愣,很快恢复了那种无赖的神态。"想打架是吗?"他问。我没有回答,突然冲过去抓住他的衣领。他的伙伴说,要打架了!呼啦散开,围成一个圆,我和赵青山第一次针锋相对地干架。那是我平生第一次打架,虽没有经验,但长久郁积在心中的怒火化成了力量,我感到自己的胳膊肌肉饱满,我拼命去抓他的胳膊,使绊子……我和赵青山滚打着,半个小时、一个小时过去了,看打架的同学慢慢失去兴趣,回家吃饭了。我仍和赵青山僵持着,我看到他脸上的斗志在一点点消失,取而代之的是尴尬和无奈。他松一松手,也想走,但我紧抓不放,我一定要赢!

夜色弥漫下来,周围人早已散尽,赵青山也认输跑掉了。我拾起书包,感觉有人抚摩我的头,扭转身,发现小民老师站在那里。原来,她一直在不远处那家商店里面,我和赵青山打架的一幕幕,她都看到了。她把粘在我脸上的一叶青草摘去说:"现在好了,他再也不敢欺负你了。"拉着小民老师温润的手,我感觉自己真正成了一名男子汉。此刻,一轮皎洁的明月正从东方冉冉升起。

小民老师说:"'人善被人欺,马善被人骑。'你是个善良的好孩子,但面对邪恶,不能一味地忍让,要相信自己的力量,要敢于去斗争。你今后的生活还很长很长,记住:在生活面前,千万不能软弱……"

许多年过去,我再没和谁打过架。然而在生活中遇到过很多这样那样强劲的对手,我却从未对自己失去过信心,因为,小民老师教会了我如何去面对人生的坎坷与磨难。

空中有朵雨做的云

四十五天的暑假结束后，一切都变了。

读小学时，我们在一起又打又闹。进入初中，重坐在同一个教室，男生和女生间突然就多了一道鸿沟。原本从容来往的异性同学，竟然有意无意地不再说话。

那年秋，我与我们村小学同班的五位同学，以优异成绩考入侯集镇重点中学，其中就有云。云在小学时是我最要好的朋友，彼此无拘无束、亲密无间。升入初中后，我被分在一班，她被分在二班。

在课间，或者不上课的时候，我仍能见到云。错肩而过时，我偷偷看云，她与同行的女生说着话，似乎从不曾注意我。为什么相隔一个短短的暑假，仅仅45天之后，我们就变成了陌路？

从我们村到侯集镇有五六里路，大家都需要住校，男生宿舍在校院内的东边，女生宿舍在西边，中间隔着几排教室，还有三块菜地。我们每个周末才能回家，周日下午返校。

我盼望在周末回家的路上能遇到云，也盼望着在周日返校的路上邂逅云。有时候，云就走在我的前面，相隔一百米的距离。我的心怦怦直跳，想追上去和她说话，但又没那份勇气。有时候，云走在我的后面，相隔二百米的距离，我想停下来等她，可是同样没勇气。在那条从村子通向小镇的乡间小路上，经常可以看到两个初中一年级学生，一个在前，一个在后，若即若离。

夜晚睡觉，我会做梦回到小学时代，又能和云在同一个教室读书学习，一起跳绳踢毽子，我们嬉闹着相互撕扯，甚至扑进对方的怀里。

因为平生第一次离开父母独立生活，我的妈妈很不放心，经常在镇上卖完鸡蛋后，到学校来看我。妈妈个子不高，读初一的我已经和她齐肩。班里有位高个子男生，有一天妈妈来时，他故意站在妈妈身后，得意地斜着眼看看我妈妈，又看看自己的肩，意思再明显不过了，矮矮的妈妈只能到他的眼皮下面。惹得围观的同学忍不住发出哧哧的笑声。

高个子男生的举动，严重羞辱了我。

晚上，我把高个子男生叫到教室后面的草地上。那是我平生第一次打架。一个低个子男生与一个高个子男生的较量，对我来说进行得相当艰苦，但我绝不言败。两个人的战争持续约二十多分钟，引来初一年级两个班几乎全体同学的围观。最后，以高个子男生服输结束。

我和高个子男生都受到了老师的严厉惩罚。回到教室后，我发现自己的衣领不知何时被扯烂了。时间才是周三，离周末回家还有两天，我不能就这样烂着衣领上课学习，横穿校园去食堂打饭。

晚自习下课时，我去学校小商店买了两个曲别针。我想用曲别针暂时把破烂的衣领连起来。然而，无论我如何努力，那破烂的衣领都依然倔强地敞开着大口子。我气恼得拿脚拼命踢墙根。

这时候，一个女声在我身后响起。猛然回头，我看到云正站在不远处。

"用曲别针不行，等着我去拿针线来！"

我站在阴影里。片刻之后，云拿着针和线回来，"跟我来！"

我老老实实跟着云来到校园一个僻静的角落。"把上衣脱了，我赶快给你缝一缝。"

我听话地脱掉上衣交给云。月光下，针线在她手上像一条灵便的蛇，轻灵地游走。云的头发很长，扎着一条长长的马尾，马尾就随意地搭在她瘦削的肩膀后面。她的手指很细很长，像白皙的竹。她低头垂眉，神情专注地为我缝着，鼻子小巧而挺拔，嘴唇薄薄而微微有些上翘。

我第一次发现，月光下的云是那么漂亮。

"缝好了！"云抬起头，看到我的样子，脸一红，"你在瞧什么呢？我脸上有痦子吗？"

从那以后，我们在同学面前仍然不说话，好像谁也不认识谁。但每逢周末，我们会有意无意地等着彼此。在辽阔空旷的田野小路上，我们仿佛又回到小学时期，轻松愉快地聊起班里一周内发生的趣事……我们像秘密间谍那样悄悄地来往，并为这心照不宣的行为而窃喜。

我希望这样快乐的日子永远过下去，希望时光永恒。

可是，初中二年级开学不久，云突然辍学了，她的爸爸妈妈不让她再上学。因为她弟弟也要上学，家里没有足够的钱供。她妈妈说，女孩上学没用，因为女孩早晚都是别人家的。她退学可以帮着做家务，割草、放羊……云很小就会帮爸爸妈妈干活，她缝衣服的针线活儿就是跟妈妈学的。

最后一次，我们在那条熟悉的乡间小路上走了很久。

"知道吗？天上的那朵云是雨做的！"云的这句话深深刻在我心里。

云小学时，一直是班长，到了初中，也一直是班里的学习委员。

云在学校最后一次参加考试，获全年级第一名。

福 娃

福娃走进城里纯属偶然。

福娃从前在南阳老君山的东山放羊。自从记事起，他就一直和羊在一起。从山坡上，可以看到山脚下一个破败的小院，那是他和羊儿的家。他的爹就是放着羊长大，放着羊娶的媳妇，成的家。他似乎从生下来，一生的路就被决定了。

那天，在家门前的山坡上，与一个寻新求奇的记者邂逅。

你在做什么？放羊。放羊干什么？挣钱。挣钱干什么？讨媳妇。讨媳妇干什么？生娃儿。生娃儿干什么？放羊。

福娃和记者的镜头在电视台播出。很多人看了，很多人都若有所思。其中，就有一位在城里做官的福娃的远房叔伯。叔伯对福娃还有些印象，比如他那硕大无比的脑袋和硕大无比的嘴。真是丢祖宗八辈的脸，脸全让他丢尽了呀！叔伯先是愤怒，继而平静下来，决定为这位远房侄儿做些什么。

福娃被远房叔伯招至城市，安排在××部办公大楼停车场看车子。停车场很大，小轿车一排一溜儿，里面坐的都是部长、厅长、局长、××长。福娃弄不清楚谁比谁的官职大，只知道都是不可小瞧的大官，比村长要大很多、很多。

一天，部长的司机把漂亮的小车停在福娃身旁说：把这车擦一擦。福娃找来水桶、抹布，把小车从车头到车尾，擦得干干净净，一尘不染。部长司机很满意，给他20元钱，拍拍他消瘦的肩说：福娃，这可是条挣钱的道儿，学着点吧！

××部是个大部，管着全国许多单位，每天来部里办事的人特别多，来的人不是走路来的，也不是坐公共汽车、出租车来的，他们有自己的小车。小车走很远的路，落了许多灰尘，需要清洁美容。福娃的活就特别忙，从早到晚，一辆接一辆不停地擦，人民币一张一张往他腰包里飞。

偶尔，福娃直起腰，擦脑门上豆大的汗珠，心想：钱是这样挣来的啊！他再也不想回山坡放羊了，脸上始终挂着满足的笑。

为了感激把他拉出深山的远房叔伯，福娃买了大包礼物去拜望。叔伯提起福娃和记者的那段"著名"的对话，禁不住再次激动起来，说：福娃啊福娃，听听你都说些什么话，放羊、娶媳妇、生娃儿、放羊，这和牲畜有什么区别呢？福娃从叔伯家出来，低着头，心里沉甸甸的。

福娃擦车时更加卖力气，但人们再也看不到他那十分满足的笑了。

多年以后，已做小老板的福娃回了趟老家。在门前的山坡上，福娃看到一个八九岁的孩子，抹着鼻涕放羊。福娃犹豫片刻，走过去。

你在做什么？放羊。放羊干什么？挣钱。挣钱干什么？娶媳妇。娶媳妇干什么？生娃儿。生娃儿干什么？放羊。

福娃鼻子一酸，眼泪差点流下来。他转身走进山村。

不久，在那片山坡上建起一座山村小学，名叫："不放羊"希望小学。

乡间渔事

我奉命去采访一位旗下拥有数百亿资产的著名企业家。主编特意交代，一定要想办法让他说出取得成功的秘诀——这对我们的读者很重要，也是我们这期报纸的最大卖点。然而在采访过程中，那位著名企业家并没有谈他取得成功的秘诀，在我的一再追问下，他说，我给你讲个故事吧……

有一个下乡知青大孙，在南方一个农村安家落户。那时候在农村，知青想看书却没有书看，更没有什么娱乐活动；偶尔放个电影，也就是《地雷战》、《地道战》、《铁道游击队》等。大孙刚结婚，没有孩子，家务很少，有很多的空闲时间。

农村里早晨5点钟鸡就叫，一叫人就睡不着觉了，起床也没事可干。晚上，黑灯瞎火的，伸手不见五指，不像城市，到处灯火辉煌，随处有玩乐的地方。农村连电灯都不多，睡不着觉怎么办？就想找个事做。

村口有个鱼塘，大孙看那鱼塘闲置着挺可惜，当地鱼苗很便宜，就自己掏钱买鱼苗，放在塘里养着。下工时顺手采些草放进去，或者有空挑些大粪倒进鱼塘。大孙养鱼不是为了养大卖钱或自己吃，而是为了满足一种精神上的享受。没事时他爱在那鱼塘边坐一坐，喂一喂鱼，看着那鱼一点点长大，看那鱼跳出水面的样子，就像养育儿女，有一种成功的喜悦感。

快过年的时候，鱼长成了，大家自然要来分鱼。这时就出现一个问题，鱼怎么分呢？

这事发生在"文化大革命"时期，那时强调要学雷锋，要大公无私。在当时，大家就是这种是非观：这鱼属于集体。为了过一个祥和的新年，自然而然就要把鱼给大家分了。

但如何分，需要开会商量。在没有开会之前，大家都私下议论，嘿，这鱼不错！啧啧……每人怀里揣一个小九九，各有各的想法。一个小小的生产队长解决不了这个大问题，召开生产队会议时，还是请村里德高望重的老书记来主持。

围绕如何处理鱼的问题，大家争得不亦乐乎，从晚上八九点争论到夜里十二点。是把鱼卖了来分钱，还是直接分鱼大家回家吃？最后确定分鱼。因为如果卖了鱼分钱，人家两口买鱼苗养鱼，功劳最大，如何给人家分钱？再说，为了让大家都过一个有肉有鱼的好年，最后一致意见是分鱼。然而分鱼是按人头分还是按户分呢？没有分家的、没搞计划生育人口多的人家，希望按人头分；而已经分了家、家中人少的人家，希望按户分……公说公有理，婆说婆有理。

最后，德高望重、在队里又没有直接利益冲突的大队老书记说，考虑到这两位青年夫妻做的贡献比较大，人家只有两个人，不像你们队里有些家中七八、十来口人，如果按人头分，对人家夫妻俩太不公平。我的意见是按户分！

因为老书记德高望重，他这样一宣布，没有人明确提出异议。家中人少的就偷着乐，而家中人多的，就骂骂咧咧地表现出不高兴，但谁也没再说什么。

在这个过程中，大孙夫妻俩没有发表任何意见。

大队书记还特意问：你们俩有意见没有？

大孙夫妻回答说，没意见。但没意见是嘴上说的，到底心里面真的有没有意见呢？外人谁也不知道！

生产队第二天开始清塘打鱼，南方叫干塘，就是把水放掉，用网把鱼捞干净，捞彻底。鱼捞上来以后，按照鱼的大小、好坏搭配，队里有三十多户人家，就分成三十多堆。当时为了公平，就团个纸蛋儿，每户一人捏纸蛋儿，然后按序号从小到大，谁抓住一号的谁先来选鱼堆，抓住二号的就第二个来挑鱼堆，以此类推将鱼领回各家。

最后还剩下一堆鱼。谁家没拿呢？一查，是大孙家没拿。

于是就有人七嘴八舌私下议论：看来是心中有意见呀！这可是思想觉悟不高呀！要割资本主义尾巴呀……话就越来越上纲上线。大队老书记说：这样可不太好，下乡知青不能有这种思想情绪，要接受贫下中农再教育嘛！我们是不是要再开一个会议呀！

那时有一种工作方式叫批斗。认为某个人思想不好、觉悟不高，大家就要开一个会对他进行批斗。这样批斗结果可能会出现两种局面：第一，大孙他们没改造好，要在劳动中进行思想再改造；第二，全生产队的人都会反对大孙夫妻，排斥他们。因为你有情绪，就是对大家有情绪。大家在出工的时候都会给你小鞋穿，让你挖最难挖的地，让你去干最难干的活……当大家觉得你错的时候，真理也是谬误！这种大众的力量，就是一种法律，会让人背上一个非常巨大的沉重包袱。正在这时候，远远看到大孙夫妻俩从村外的河边走来。

因为大家谁也没拿到大孙夫妻没来取鱼真正原因的证据，只是在揣测，但如果人家起晚了呢？一早出去锻炼身体了呢？所以谁也没有立即站出来很明确地指责。

大队书记说：大孙，你家的鱼还没拿呢！

好，我来拿！大孙很听话、乖巧地快步过来。

这是你家的鱼！

哦，我家的鱼！不过书记，我这鱼太多，吃不了。

这怎么吃不了？辛苦一年，你应该拿的鱼呀！你，你不是有情绪吧？！

不是，你看！大孙把妻子背的鱼篓拿过来说，我们今天早晨去河里打了这么多鱼！比分的这堆鱼还多呢！家里只有我们两口，真的是吃不完这么多鱼呀！老书记，我们队里有人口多的人家，让他们拿去分吧！

  著名企业家的故事到此戛然而止。我看着他深沉回忆的神态说：如果我没猜错，故事中的大孙就是你吧？

  他点点头。

超级冠军

这是一场令世人瞩目的自行车大赛，不仅有来自国内各省市的自行车高手，还有来自世界各地的自行车健将。比赛规模宏大，有近万人参加，吸引了数百家国内外不同的媒体记者前来采访。

比赛从城市的大南郊开始，终点设在远离城市的大北郊。大马路、小胡同、羊肠小道、泥滩沼泽、山坡丘陵、森林草地，各种路况都有。因为坎坷崎岖，大部分参赛者中途就纷纷自动放弃，坚持下来的选手不过几十位。

最后，人们把注意力聚焦在三个人身上，一个是来自法国的前世界自行车大赛冠军，一个是国内上届自行车大赛冠军，还有一位几乎没有人认识，是一位40多岁的中年汉子。他骑着一辆半旧的自行车，穿着已辨不出颜色的衬衣，他的运动裤好像是由一件穿了多年的直长筒裤改裁的。他与两位冠军争先恐后，比赛进入胶着状态。

人们纷纷猜测，究竟是世界冠军、全国冠军，还是这位不知名的中年汉子会最终获胜。一些参与现场直播的广播电台记者鼓动观众踊跃参与竞猜，一家电台为抢夺观众眼球，还设立了竞猜大奖。而另一家电视台的漂亮女记者则以业内人士的口吻解说：这位神秘的中年汉子，很可能是某家自行车俱乐部精心培育的黑马，他现在这种自行车水平，没经过世界级教练的长期调教，不经过先进锻炼器材的特训是不可能达到的。

　　冲刺时间到了，世界冠军奋力蹬车，一马当先冲在前头。全国冠军不甘落后，虽已浑身汗湿，仍加快脚下频率，赶上世界冠军。有人大喊：世界冠军，加油！有人高喊：全国冠军，加油！突然，所有的人都停止了叫喊，他们惊奇地瞪大双眼，只见那位不知名的中年汉子如脱弦之箭，闪过全国冠军，超过世界冠军，飞速前进：十米、五米、一米，他以绝对优势率先闯过终点。

　　观众如梦方醒，大呼：黑马，冠军！

　　中年汉子站在领奖台上，接过礼仪小姐献上的花环，接过世界自行车大赛组委会主席颁发的获奖证书。最后，他从中国自行车大赛协会会长手中接过了这次大赛的奖金——10万元人民币。

　　那位漂亮的电视台女记者在第一时间抢到中年汉子面前，举着话筒问：冠军先生，你现在最想告诉大家的一句话是什么？

　　中年汉子激动地说：我的70岁的老娘有救了。

　　漂亮的电视台女记者一愣，她努力按自己事先准备好的采访思路往下进行：冠军先生，众所周知，这次世界自行车大赛高手如云，而你却最终赢得了冠军，现在能否告诉大家，你来自哪一家运动俱乐部？你获胜的秘诀是什么？

　　中年汉子抹一把脸上的汗水说：我不属于任何运动俱乐部，只是一家公司的清洁工。我住在这个城市的北部山村，而我工作的地方在这个城市的大南郊，每天我都要骑三四个小时的车程，经过森林草地、泥滩沼泽、山坡丘陵、羊肠小道、小胡同、大马路等各种路段，我这样整整走了10年。

　　漂亮女记者好奇地问：你为什么不去坐公交车呢？我们的交通非常非常方便呀！

　　中年汉子说：我得把坐公交车的钱节省下来，为我儿子凑学费和生活费。

　　漂亮女记者微笑着说：有这10万元奖金，你再也不用为儿子的学费发愁了。我想问最后一个问题,在冲刺时是什么激励你突然如有神助,甩掉对手,最终成为冠军?

中年汉子说:是我的70岁的老娘。她正躺在医院手术室门外,我只有赢得这笔10万元的奖金,交齐必需的手术费,她才能被送进手术室。

三娘教子

贵生站在合作社柜台外面，眼巴巴看柜台里摆着的小木枪：小木枪很精致。贵生问售货员这枪多少钱一只，售货员说："5元。"贵生看了半天，咽了一口唾沫，终于绝望地往家返。随后的几个晚上，贵生做梦都梦见这把小木枪。

二牛在自家院中靠着老榆树蹲着，眉飞色舞地和贵生的妈妈说着话。因为贵生父亲兄弟三人，他是老三，村里许多人都喊贵生妈妈为"三娘"。贵生听了听，好像二牛要娶媳妇了。贵生不明白娶媳妇有什么可高兴的，他就坐在门墩上想小木枪。不知过了多久，贵生感到小腹有些胀，站起来准备去院门外撒尿。忽然一低头发现老榆树下躺着一张纸，这不同一般的纸，是5元一张的钱。贵生犹豫片刻，抬头看四周，三娘在厨房做饭，二牛不知何时走了：没有别人，贵生俯身把5元捡了，他朝厨房走两步喊："娘！"三娘在厨房问："贵生，有啥事？"贵生想起合作社的小木枪，就站住脚，也没答话。他把5元钱在口袋里攥了又攥，快攥出水了。

这时，二牛神色慌张地回来，见贵生的妈妈就问："三娘，见着俺5元钱没有？""咋了？丢了？"三娘从厨房出来，神色也慌张。"这钱是借来的，要给她买个围巾当见面礼，咋就没了呢？"二牛着急。"俺也没看见，见着一定给你送去了。"三娘也着急。贵生嘴巴张一张，想说话却没说，打一个喷嚏，把鼻涕喷在妈妈的衣服上。三娘骂："兔崽儿真会长眼睛。"二牛走了。贵生又在门墩上坐一会儿，然后，贵生去了合作社。三娘做完饭，不见贵生，扯着嗓门儿在村里喊："贵生！贵生！不吃饭了？你死哪里了？"天黑得伸手不见五指。贵生空着两手回来了。灯光下，他鼻尖上的汗珠一闪一闪的。

二牛是在第四天死的，喝了一瓶敌敌畏。原来女方嫌二牛家太抠门儿，连个见面礼也没有。二牛解释说："本来要买条围巾的，没想到把钱给丢了。"女方家人嘴又特别不饶人，说："谁知你说的是真是假？没见面礼你来相什么亲，谁家姑娘能这样让你白看的？"相亲不欢而散。过两日传来消息说，女方又找了个人家，单见面礼男方就花了不少钱。这二牛听后扭身进屋，一天一夜没进一口食。那日，二牛娘又唤二牛吃饭，唤了几声，不见屋里一点动静，感觉有些不对，找人撞开门，二牛早没气了，手边还放着一个空的敌敌畏瓶子……

贵生的妈妈三娘去帮忙料理后事，回来就对贵生叹气："一个大小伙子，因为娶不到媳妇就喝药了，可惜啊！那5元钱，谁捡着就让他买膏药贴屁眼儿。"贵生听到5元钱三个字，吓得一缩脖，爬上床睡觉了。三娘去红薯窖拿红薯，在一大堆红薯下面发现一个包儿，打开，是一把崭新的小木枪。三娘把枪给贵生说："娃儿，你福气，娘在咱家红薯窖里捡把小木枪。"贵生接过去，嘴咧了咧想笑却没笑出来。

半夜里，三娘扯耳朵把贵生叫醒了。三娘虎着脸问："兔崽儿，实话给娘说，这枪是哪里来的？""红薯窖里的。"贵生说。"胡说，妈想起来了，那包枪的布是咱家的布，你快说这枪是咋来的？"啪！贵生光屁股上印出一个鲜明的鞋底印儿。贵生被蜜蜂蜇一般尖叫起来。

那夜，贵生的惨叫惊动了邻居大娘，大娘穿衣起床，走过来拍着贵生家的门说："他三娘啊，你要把娃打死吗？有事不能用嘴说吗？！"贵生不叫了，却传来三娘撕心裂肺的恸哭。

隔日，三娘拉着贵生的手去了二牛家，让贵生给二牛娘磕头，并请二牛娘认贵生做干儿子。二牛娘抹着眼泪说："他三娘你心真好，怕俺没了二牛伤心，就把贵生认过来了，谢谢你。"三娘说："兔崽儿你听着，二牛娘也是你的娘，啥时候都要像待我一样待她，百年之后，你也要为她披麻戴孝，记住了吗？！"

"记住了！"贵生说。

从此，贵生有了两个娘，一个亲娘，一个干娘。

棋　杀

禹镇不大，有一方姓人家。方家世代行医，闻名方圆百里。当家主事方虚竹身有两绝：一是他的中医奇技，二是他的围棋绝艺。

方虚竹十岁坐堂，望、闻、问、切，俨然大家气度，"中医神童"的美誉就此传开。其父方行之，嗜棋。方虚竹自小耳濡目染，胸中渐有丘壑。十一岁那年，其父与一位棋界高手弈战，陷入危境，方虚竹在旁按捺不住，抬手应招，黑白势转，刹那间胜负易主。棋界高手连连称方虚竹为棋界奇才，将来必有大作为。

方行之七十岁时无疾而终，死前交给方虚竹两件东西，一本《中华药典》，一本《围棋廿四局谱》。自此，方虚竹常左手持药典，右手持棋谱，浸淫阅读，竟把药理与棋道融会贯通，技艺不知不觉中更上一层楼。

1939年，日本人侵略至禹镇。仅一日一夜，街上尸横遍地，血流成河。鬼子队长小林雄二粗通中国文化，尤其偏爱围棋。闻知方虚竹大名，遂带人闯入方家大院。面对日本人明晃晃的军刀，方虚竹坦然迎之。他明白小林雄二来意后微微一笑说："观汝气色，正患重疾，不治二日内将亡。"

小林雄二大惊，原来昨夜他奸污一劫来的女子，遭到强烈抗拒，被一脚踹于裆中，至今下腹仍隐约胀痛。小林雄二眉眼一转说："那就请神医为我诊治。"方虚竹转身在药房拈拈点点，稍后拿出一包中药。

小林雄二斜眼问方虚竹："我杀禹镇百姓无数，你不会借机毒杀我吧？"

方虚竹凛然道："在方某眼中，此刻你只是一位病人，岂有医生害病人之理？"

小林雄二哈哈狂笑说："果真不是凡人，念你为本队长治病之功，《中华药典》我不要了，但那本《围棋廿四局谱》，你必须交出。"

方虚竹说："《围棋廿四局谱》乃家父临终所赐，不敢轻易送人。我这里摆一简单棋局，你若能破，明日则拱手相送。"

小林雄二对于围棋自视甚高，就点头应允。方虚竹遂摆一棋局，让小林雄二回去思谋对局，约他第二天再见。小林雄二率人告退，方虚竹也不送，只望着他们的背影轻轻一笑。方夫人近前说："如果那小林雄二破了你的棋局，当真要送他那本家传棋书吗？"

方虚竹正色道："日寇杀我同胞，淫我姐妹，身为医生吾不能用药杀他，凭此棋局亦可报我国仇家恨。"

方夫人不解。方虚竹又道："小林雄二之伤，乃猛力撞击下阴、气血淤积所致，服此药后宜静心固气，二日可痊愈。但其服药之后，将观吾棋局，那局棋看似简单，实则不易，吾观其本性，若苦思冥想不得破解之法，必暴怒；怒则伤神，神伤则气散，气散则必死。"

次日，小林雄二没有如约重返方家，却有一队鬼子兵持枪来抓方虚竹，只见方家大门紧锁，门上贴一条幅，字迹遒劲有力，上书：棋杀小林雄二。落款：方虚竹。

将军品茗

将军回到阔别多年的老区。将军说："此地出名茶,我是来原产地品名茶的。"

市长久闻将军威名,敬重又加。他推开繁忙公务,亲自安排布置,茶具是宜兴的紫砂茶具,茶是本地上好的毛尖,又请来了本市最有名的茶艺师。

"车云山上茶,浉河中心水。用本地的水泡本地的茶,才是地道的原汁原味!将军,请您品尝。"市长毕恭毕敬地说。

将军轻轻端起杯,慢慢呷一口,半晌,皱了皱眉。又呷了一口,半晌,又皱了皱眉。第二天,本地晚报传出消息,名茶原来名不副实,一代名将此行竟夙愿难成。

市长非常重视,指示说:无论如何,一定要让将军喝到本地真正的好茶。像风一样,从城市到乡村。像雨一样,从平原到山地。所有人都知道了:当年曾经在这里战斗过的将军回来了,将军有一个夙愿,能喝一杯本地原汁原味的香茶。

短短几天,各县、乡、镇都请了茶艺名师携本地上好的茶来。但将军品了,仍是皱一皱眉,半晌不语。为什么本地最好的茶,也不能满足将军的要求?莫非这里面另有原因?市长特意去请教将军,将军只是摇摇头,叹口气,什么也不说。

这天，将军准备启程回京了。门卫送来一只普通的茶杯。将军看了，忽然激动起来，问："这茶杯，哪里来的？"

门卫说："报告将军，是一位本地老乡请求送给你的。"

"我要见他，马上！"将军一改往日稳健的步伐，急步奔向宾馆大门外。

老树下站着一位须发皆白、干瘦精壮的乡下老汉。看到满头银发的将军，乡下老汉睁大混浊的双眼，脱口而出："是你，原来真的是你啊！"

"老哥，你老了！我以为这辈子再也见不到您了。"

"大兄弟，您也不年轻了啊！谢天谢地，您终于回来了！"

"老哥，我想再喝一杯您亲手泡的茶！"

满头银发的老将军和憨厚朴实的乡下老汉紧紧拥抱。

将军让市长请来本市几位主要领导。将军说："今天，我请大家喝茶，喝咱们这里最好的茶！"

那只普通的茶杯就摆在将军前面，因为年岁太久，搪瓷已经斑驳脱落。

市长说："将军，换个杯吧。"

将军固执地摇头："就它！"

乡下老汉笑眯眯从背袋里取一捏茶叶，放到那只老旧的茶杯中，缓缓倒上热水。接着，乡下老汉又给在座的每个人泡了一杯。

将军深情地回忆："当年，我们一支小分队与敌人的主力部队遭遇，一场恶战打了三天三夜。我身负重伤，是这位老大哥救了我，他冒着生命危险，把我背回家，给我敷药治伤。然后，端上一杯浓浓的毛尖茶说，兄弟，咱乡下没啥好东西，喝杯粗茶暖暖身子……"

将军双手轻轻捧起那只普通的茶杯，深深吸一口气。将军微眯着眼睛，仿佛饮玉露琼浆一般，细细品味那入口的茶水，如何流过喉咙，如何氤氲浸润了心肺。

市长和在座的全市主要领导都目不转睛地望着将军。

乡下老汉也两眼直直地看着将军。"大兄弟，味道怎么样啊？"

"好，好茶！"半晌，将军方沉吟着说，"还是当年咱父老乡亲的味道，一点儿都没有变。"

市长和在座的领导疑惑地端起面前的茶杯——

那入口的茶水，又苦又涩！

征 服

南阳城东方家,世代行医。方存孝自幼随父学医,十三岁坐堂问诊,十六岁名扬南阳,人称"回春圣手"。与方家紧邻,就是董家,祖上做过大清宫廷乐师,董天音少时跟爷爷学琴,弹得一手好琴。古琴一响,百鸟不鸣,都洗耳恭听呢!方存孝母亲早死,董天音的母亲看着这无娘的娃儿可怜,就当作亲生儿子看护,用她的话讲:"一只羊是养,一群羊也是放!"这方存孝与董天音两个天才神童自幼心心相通,嬉闹玩耍,相处十分融洽。成年之后,更是情同手足,交情过命。南阳人说:"方存孝、董天音两人真是俞伯牙、钟子期在世,人间少有的知音啊!"

董天音20岁那年,身患恶疾,奄奄一息。方存孝说:"你先别死,等我回来!"遂独身走进阎王崖,历尽坎坷,险些丧命,采得千年药草,泡制成茶。董天音说:"吾命休矣,不治也罢!"方存孝道:"兄之《高山流水》弹得空前绝后,汝死不足惜,我今生再也听不到《高山流水》了,实在是天大的遗憾!"

董天音笑道:"你我兄弟情深,我死之前,当为你再奏一曲。"遂整衣而起,净手焚香,面琴而坐。董天音十指纤若青竹,上下跳跃,满屋之中即有仙乐飘飘袅袅。方存孝听得如痴如醉,抚掌称好,叹道:"真乃绝世好琴也,无以为谢,奉三包药茶,请兄笑纳。"董天音依方存孝所嘱,一日一包,将三包药茶喝尽。不日,觉得身轻体爽,恶疾竟去了。

公元1943年，日本人攻陷南阳，司令官大竹四郎以文艺家自喻，听说雅士董天音《高山流水》弹得空前绝后，遂派人请来，先奉以酒，后奉以肉，董天音不吃不喝。大竹四郎说出心愿，并搬来抢自南阳文物馆的珍贵古琴，请董天音弹奏。董天音举琴掷地道："我堂堂中华文物，岂可落于汝等异邦匪徒之手，《高山流水》，又岂是汝等倭寇所配听得？"

大竹四郎大怒，将董天音捆绑到城北乌鸦滩欲杀之。

董天音老母闻知，旧病复发，七窍流血，临终只想见儿一面。方存孝床前安慰老人："我认识那日本司令官，这就去救俺兄弟回来！"赶到乌鸦滩，拦住大竹四郎屠刀，要求让董天音回家与老母见一面。大竹四郎冷笑道："母子连心，见面未尝不可，只是放他走后，一去不复返，你可负得起这责任？"

方存孝挺胸说："南阳人方存孝，世代行医，虽医术不精，但自信存信于天下，吾今愿代董天音受刑，董天音若到期不归，方某愿替他受死！"

大竹四郎惊诧半日问："你是他什么人？"

方存孝道："人生一知己，过命一朋友！"

大竹四郎沉吟片刻说："且相信你们支那人一次，若到期不回，我取你项上人头！"

董天音回家探母。时间一分一秒走过，太阳从头顶偏向西了，董天音还杳无踪迹。大竹四郎侧目笑道："中国人，统统地小人，不可信！"四围百姓默然，唯方存孝冷笑不语。

时辰已到，大竹四郎看过腰表，得意洋洋举起手臂，准备下令开枪，突然一个声音自远方传来："休伤我兄弟，董天音来了！"董天音从远处飞奔而来，脚下鞋底已磨破，血痕斑斑。

方存孝与董天音紧紧相拥。方存孝说："兄弟，你不该来，中国不该因此少一个音乐大师！"

董天音说："中国人更不该在异域穷寇面前丧失气节！"

大竹四郎挥动的手僵在半空，他的脸色由红变白，由白变紫。"开枪！"他歇斯底里地大喊。

方存孝先中弹，倒在地上。董天音随后中弹，亦倒地。南阳青天白日，一声炸雷，忽然狂下三日暴雨，雨水咸涩，含带血色。南阳人讲：这是上天为两位贤人落泪了。

当晚，大竹四郎即给日本天皇上书，讲述他在中国南阳所遇，并因此请求天皇尽快从中国撤军，他说："拥有这样子民的国家终将是不可战胜的！"

不久，大竹四郎被抽调回国，后传来他神秘地剖腹自杀了。两年后，日本国宣告战败。

老书记轶事

他，1942年参加革命，扛过枪，渡过江，打过仗，吃过糠。他有两个绰号，一个是"海量"，一个是"神枪"。他置一坛老酒，就着一碟花生米，"咕嘟咕嘟"喝完，脸不变色心不跳。当即让人在百米外置一引燃的蜡烛，他侧身抬手一枪，枪响烛灭。这是他当年战场上的轶事。

后来，他回到南阳镇平县任县委书记，从此后再没有人见他玩过枪，酒也极少喝。用他的话说：这叫：马放南山，刀枪入库。他斗大的字不识一升，有知情的人说，如果他识字，绝对不只是一个小小的县委书记。没文化的书记需要签文件、批条子时，必须先由秘书念与他听，同意的，用笔画圆，不同意的画叉。

久之，秘书见有机可乘，遂私撰白条，私画其圆，拿到财务处报销，将现金揣入自己口袋。年余，东窗事发，查至书记头上，一叠白条放在他面前。书记侧目视之，凛然道：非我所为。众人不解。书记道：我画圆，实非圆也，乃为心形，取一颗红心永向党之意。众人细审书记昔日所签文件、条子。果然，一个个圆皆神似心形，且力透纸背，似有浩然正气扑面而来。再看那伪造的笔迹，笔形萎缩，黯然无神。众人叹道：果真假冒也。旁边秘书看在眼里，颜色更变，遂不打自招。

而今，他从县委书记的位置上退下来半年有余了。离休后的老书记在家呵护孙子，侍弄花草，也和老邻居们下棋，到公园打太极拳，但老书记隔三差五总要到县委坐一坐，只是坐一坐而已。

这天，从首都部委来一位领导，部委领导是负责发放扶助农科研究款项的。县里不敢怠慢，如敬神一样接待。部委领导点名要见老书记一面，老书记便去了。见到部委领导，老书记先是一愣，接着便"啪"地立正，行一个标准军礼。原来部委领导在那枪林弹雨的岁月也是老书记的上级。

正事谈过之后，部委领导一拍老书记胸脯说：几十年前，你的酒量和枪法就在咱们军闻名，今天你这个海量还敢喝吗？敢喝，一杯我再给你加一万元，过了十杯我一杯加两万元。

老书记胸脯一挺说：老领导，此话当真？

军中无戏言，部委领导佯做一脸严肃。

陪坐的县里党、政、工、团四大领导都瞪大眼看着。一杯，两杯……十杯，二十杯……所有人瞠目结舌。老书记一口气喝干了三十杯。放下最后一杯时，老书记豪气地向部领导亮一亮手指说：这是五十万。

次日，老书记住进了医院。部委领导亲自去看望他。躺在病床上的老书记问：老领导，昨天你说的话还算数不？

部委领导说：你这个家伙，牛脾气还不改！其实我已经向上边汇报了这里的情况，上边已经答应再给你们县一百万。你这么不要命地喝，值得吗？

老书记握住部委领导的手说：值得，就是喝死也值得。我这个县委书记在任时没干出什么成绩，心中有愧啊，总想再为老区人民……

部委领导望着老书记苍白的脸，半晌无语。

专注的奇迹

这是一场举世瞩目的国际青少年数学大赛，来自世界一百多个国家的数学爱好者齐集纽约。比赛非常激烈，参赛者个个都是数学小天才，而试卷上的每道题都异常难解。大家预测，这场比赛的冠军很可能就是上一届的第一名——比利时的哈杰夫，因为他的数学天分有目共睹。

然而，结果出来后，却超出所有人预料。新的国际青少年数学大赛冠军是一位中国女孩——沫沫。她成功地破解了除最后一道之外的所有数学题，以无可争议的成绩一举夺魁。

林德克教授是大赛的评委会主席，也是世界公认的当代最杰出数学家之一。他决定亲自接见中国女孩沫沫，他想知道是什么力量，让这位女孩具有如此超人的能力，竟然如此完美地破解了这么多令人头痛的数学难题。

像许多中国女孩一样，沫沫是一位看上去很普通的女孩。林德克好奇地问："你认为是什么让你成为新一届的国际青少年数学大赛冠军？"

"专注，是专注的力量。"沫沫回答。她的平静让林德克有些吃惊，能获得这个冠军，对全球的当代青少年来说，都将是惊喜万分的大事。为什么她却如此平静呢？

"其实，我还对更多数学难题有兴趣。比如最后那一道，如果您给我时间，我相信一定能破解它。"沫沫说。

林德克更吃惊了，因为他知道，那可不是一般的数学题，实际上是他所面对的一道至今也没有破解的难题。当时在出这场比赛的考题时，各位出题的教授预想，那位天才的比利时少年哈杰夫可能破解其他所有数学题，如何才能进一步考量他的数学天分呢？林德克教授贡献了他的这道难题，他说："一点儿不夸张地说，这道题已经困扰我多半年了，至今还没找到答案。"

于是，教授们把这道难题放在试卷的最后，希望所有参赛的来自世界各地的数学天才们，包括那位比利时少年哈杰夫，能给出一个正确答案。

然而结果却是，没有一个人破解这道难题。其实，这也在林德克教授的料想之中。他这位世界顶级数学家费时六个多月都不能破解的难题，其他人能轻易找到正确答案吗？

现在，新的世界冠军提出要破解这道难题，林德克教授除了震惊之外，当然非常高兴。"如果你能破解它，我愿收你做我的学生，你将是我至今所带的唯一一名中国学生！"

"谢谢您，请让我试试吧。"沫沫平静地回答，仍然没有丝毫惊喜。

时间过得很快，一个月、两个月、三个月，过去了，七个月过去了。在林德克教授几乎忘却与沫沫的约定之时，他接到了来自中国的电话，那道数学难道有答案了。

林德克迫不及待地要看沫沫的答案。丝毫不错，一个标准的正确答案，破解的整个思路可谓完美无缺。林德克教授再也坐不住了，他要亲自到中国来，看一看沫沫，找到她能破解世界级数学难题的原因。

"其实，也没什么，就是专注，是专注的力量。"面对林德克的疑问，沫沫淡淡地说，"除了吃饭休息，我无时无刻不在思索，包括做梦的时候。就这样在七个月后，我找到了你想要的答案。"

"真是这样吗？"林德克不太相信沫沫的话，"你说你无时无刻不在思索，那么除了寻找这道数学难题的答案之外，你对其他任何东西都不感兴趣吗？我想知道这又是为什么？"

沫沫说："我必须专注于某件事情，这样才能忘掉我身体的痛苦。如果你一定要找原因，我想，这大概就是原因。"

原来，沫沫不幸患上了一种重病，医生断言她不能活过半年。病痛时刻折磨着沫沫，令她痛苦不堪。这时候，原本就喜欢做数学难题的她，无意中发现，当自己专注地攻克数学题时，就会忘记自己所患的病和因为疾病而带来的身体疼痛。

于是，沫沫从此迷上了确解数学难题。除了吃饭，她把自己完全沉浸在破解数学难题上。她努力去破解所能找到的一切数学难题。当然，当自己的知识不够时，她还会尽快地学习，让新知识帮助自己破解新的数学难题。

"就这样，我坚持了很长时间，当得知要举办国际青少年数学大赛时，我报名参加了。其实那些题，除了最后那一道，对我来说都并不难。"

"从医生断言你活不过半年，到现在有多久了？"教授很担心那个可怕的死亡日子的到来。

"哦，那是四年前了。现在，我活得好好的，也没有了任何病痛。我想，那可怕的病魔可能已经离我而去了。"沫沫脸上终于露出一丝笑容。

"如果您不介意，我能问一问，您患的是什么病吗？"

"脑癌，晚期。"沫沫又恢复了平静。

"这就是专注的力量。"林德克教授沉默许久，才说出这句话。他终于明白了，当一个人完全专注于某件事的时候，不但可以让他忘却病痛，甚至还可以帮助他治愈世界上最难治的不治之症。

带你离开

我并不是那种很讨人喜欢的男孩，不爱说话，不爱和其他孩子一起玩。我常常坐在门墩上遥望蓝天，半晌一动不动；常常一个人离开家门，走很远的路，直到很晚才回来。在村里做队长的伯父指着我的鼻子说：这货将来也是个冷酷无情的家伙！

那年秋，叶子开始纷纷飘落的时候，来了三个艺人。他们和伯父商量要在这里住几天。伯父安排他们住进我家东屋空房。爷爷夏天刚去世，奶奶从那个房间搬了出来。她太伤心，以至于看见那间屋内的任何东西都会忍不住掉泪。

三个艺人中，男人的脸上有一道明显的疤，我叫他伤疤男人；女人个子不高，胳膊腿都很粗，我叫她胖女人；还有一个年纪和我差不多的精瘦女孩，后来我知道她叫战佳。

他们在村中央的空地上演出。伤疤男人和胖女人演得并不精彩，有些节目我看过，比如扔飞盘、空中接球、吞长剑。战佳表演走钢丝、空中翻腾等，非常受欢迎。她身体轻盈灵巧，和臃肿的胖女人形成鲜明对比。不知不觉中，我开始喜欢战佳。显然，这个名字并不符合她柔顺的性格。

伤疤男人站在战佳身边，凶狠地看着她，仿佛她欠他数不清的债。"现在，请大家观看我们的独家绝技，这个不到七岁的丫头将为大家表演空中钻梯！"伤疤男人得意洋洋地对观众说，我讨厌他指手画脚和那道疤。

胖女人仰躺在地，用足底支起一架高高的木梯。我吃惊地瞪大眼睛，可怜的战佳要在这无依无靠的梯子里，从下到上来回钻一趟。万一梯子中途倒下咋办？

战佳脸上即没有微笑，也没有恐惧。她小心翼翼登上梯子，柔软的腰肢像蛇一般在木梯孔中攀爬。观众一片静寂，我的心悬在嗓子眼儿，大气不敢出。我担心吹一口气，就会把那耸立的梯子吹倒……

前面一切顺利，但最后，当战佳双足就快触地时，梯子忽然倾倒，把可怜的战佳压在下面。观众一阵骚动。"糟糕，肯定伤着了！"有人叹息。

"死丫头，为什么不小心？"胖女人像狼一样跳起来，狠狠扇了战佳两个耳光。可恶的胖女人，她竟然不看一眼战佳是否受伤。

伤疤男人急忙冲大家拱手，点头哈腰解释："这丫头学艺不精，望各位父老乡亲多多海涵。"他猛然扭头，冲着战佳吼，"跪下，该死的，我要让你尝尝皮鞭的味道！"

他不该错怪战佳，原因应在胖女人身上。在伤疤男人的皮鞭快要落下时，我不顾一切冲上去，挡在战佳面前："不许打人！"

事后，妈妈问我为什么这样做，我说："他们对战佳不公平。"

吃过晚饭，我在院外一棵老枣树下，看到正在偷偷抹眼泪的战佳。立即回厨房拿了两个馒头，又在里面夹了煎鸡蛋，那是妈妈特意为我做的。"你还没有吃饭吧？给你！"

我把馒头递给战佳。她看了我一眼，就狼吞虎咽大吃起来。

战佳告诉我，她爸爸妈妈死于一场地震，这两个过路的男女趁机拐骗了她，他们对外人说是她的师傅师母，实际上却把她当牛马使唤。"他们不让我吃饱，害怕我长大了就不能表演空中钻梯。"

"今天是胖女人支持不住，才把梯子弄倒的，对吗？"我问。

"他们是故意的，这样就可以让观众可怜我，多给他们粮食。"战佳抹着眼泪说，"他们总是这样做。"

"他们的良心都让狗吃了！"我望着战佳认真地说，"也许，我能帮助你！"我爸爸说过，男子汉就应该帮助那些需要你的人。现在战佳需要帮助，我不能看着她挨饿受屈。

在一个没有月亮的晚上，在战佳又一次惨遭毒打后，我悄悄告诉她我的计划。我爸爸在六十里外一家工厂工作，我可以带她去找爸爸。爸爸是我心目中最能干的人，没有他不能解决的问题。

我不知道自己有多大本事，战佳肯定是被我说服了。她几乎没有犹豫就答应下来。她那乌黑闪亮的眸子告诉我，在这个世界上我是她最信赖的人。

次日一早，我和战佳偷偷溜出家门，跑出村庄，踏上去县城的阳关大道。走两顿饭功夫，我们就能到达县城，再从县城坐上汽车，就可以见到我的爸爸。妈妈曾带我去过爸爸的工厂两次，一次是爸爸病了，我们去看望他；另一次是我病了，到工厂的医院医治。

来到县城汽车站，售票员慵懒地看了看还没有柜台高的我，说："车早开走了，明儿来吧。"

"没有别的车吗？"

"一天一趟。小孩子到别处玩去。"售票员不耐烦地挥挥手。

我感觉受了侮辱，她竟然把我看作来捣乱的顽皮小孩。我狠狠吐了口唾沫，拉着战佳离开售票大厅。县城对我来说是个十分陌生的地方，战佳眼睛一眨不眨地看着我，希望我来决定下一步该怎以走。

我决定留下，等明天一早再来买票。离家的时候，我从妈妈的缝纫机抽屉拿了伍元钱，住旅店大概需要三元，还有两元可以买车票。战佳拉着我的手，紧跟着我走出汽车站大门。我万万没想到，这时候妈妈出现了，她头发蓬乱，脸色苍白，眼睑红肿。

"瞧你都干了什么？"妈妈紧紧抱着我，仿佛害怕我会突然消失。

一边的伯父狠狠拍了拍我的肩说："你把家里人的魂都吓飞了！"

吃早饭时，妈妈发现我不见了。伯父立即发动全村人出动，在河畔、井边等凡是危险的地方，以及我平常爱去的地方仔细寻找。直到听卖艺的那对男女说战佳也不见了，妈妈立即猜想我可能带着她去找爸爸……

  多年以后，妈妈还会提及此事。她感到欣慰的是，她的儿子在那么小的时候就知道帮助别人。而我，至今再没有见过战佳。

退伍兵

解老板生意做得很大，房产、建材、五金，每一项都做得出色，没人知道，他在几年的时间赚了多少钱。大家知道的是，无论走到哪里，他都会成为备受注目的中心人物。

这天，解老板来南阳考察，中午在南阳大酒店请客，到场的都是经理、科长、处长、局长等业务上有重要关系的人士。酒足饭饱之后，解老板要唱卡拉OK。一首《纤夫的爱》，解老板和他的女秘书唱得有声有色，曲罢众人拍手叫好；一首《糊涂的爱》，解老板和酒店服务小姐唱得声情并茂，曲罢众人交口称赞。有人提议说：解老板歌喉这么好，请唱个最拿手的，让大伙儿真正开一回"耳"。

解老板略一沉吟说：来一首《三大纪律八项注意》，怎么样？

负责服务的小姐说：对不起解老板，我们没有这首歌的带子，请您换一首别的歌可以吗？

解老板说：不可以，你们没有，我有！他的女秘书从随身的坤包中取出一个影碟交给服务小姐。

解老板晃着身体走到台上，从中指取下硕大的戒指说：诸位，谁能完整地把这首歌唱下来，这玩意儿就归谁。

女秘书拦阻说：解老板又喝多了，这枚戒指价值八千多呢！

解老板一歪头说：大家看我这样子是喝多了么？我说话算数，谁会唱，这戒指就归他。

梦华公司的张经理盯着戒指擦擦油嘴说：我来试一试。三大纪律，八项要注意，第一——切行动听指挥，第二……没唱几句，张经理便唱不下去了。

物资调配科王科长拿过话筒说：我试一试。

李局长听王科长唱了两就夺过话筒说：你这调门儿也太离谱了吧，还是我来试一试。

在座几乎所有人皆尝试一遍，没一个能完整地将《三大纪律八项注意》这首歌唱完，不是跑了调，就是忘了词，再不就是前言不搭后语。有人鼓动服务小姐也来试一试。服务小姐摇头说：我真的不会。

解老板问：你们平常都学些什么歌来陪客人呢？

服务小姐说：我们学的都是些哥呀妹呀之类的，从来没学这首歌呀！

解老板叹口气，重新把戒指戴上说：我唱！

歌声响起，解老板声音浑厚，雄壮威武。众人神态不由得庄严肃穆起来。

两行热泪无声地从解老板脸上流过。

解老板当过兵？有人私下问他的女秘书。女秘书点点头说：他是因为违犯了军纪，提前退伍了。

准备离开时，女秘书到总服务台买单，服务小姐对女秘书说：我们饭店经理交代了，解老板请客的那桌饭钱他来买。

为什么？女秘书疑惑地问。

总服务台的小姐微微一笑说：刚才你们解老板唱《三大纪律八项注意》时，我们经理一直站在门外听着。他也是退伍兵，听说他在部队上是名宣传员，歌唱得最好。

解老板不知道，《三大纪律八项注意》随后成了南阳大酒店所有工作人员必须会唱的歌。这是南阳大酒店经理的命令。

青 玉

青玉是一个清纯的小女生，梳着长长的马尾辫。上课的时候，她向后一靠，马尾辫就扫在我的课桌上。有时候我佯做翻书，马尾就触着了我的手背，柔柔软软一直痒到我心里。

我们在同一学校同一班级，青玉坐第三排，我坐第四排。我一抬眼就能看到她的马尾辫。不知从什么时候，青玉在我的心里开始和别的女学生不一样。为什么不一样？我也说不清楚。我和她很少说话，因为那时候所有男生和女生都很少说话。除非个别坏男生，为了和漂亮女生搭话，故意做坏事招漂亮女生骂。

我不是坏男生。

学校组织各年级学生参加作文比赛。我被语文老师选中。我搬着小板凳，和近百名不同年级的学生坐在操场里现场作文。一口气写了两千多字，交作文卷子时，我感觉不坏。

半个月后的一个晚自习，青玉来了，她走进教室大门时，我看到她那美丽的大眼睛悠忽从我面前闪过。我们的目光差一点撞在一起。我心猛然一动，匆忙低下头。我忽然明白了什么叫"心有灵犀"。青玉在那一刻一定是要看到我，她为什么会突然想看到我呢？！

整个晚上，我都心存不安，做功课不能专心。我听到青玉和她的女同桌窃窃私语，偶尔青玉还会悄然扭过头来扫我一眼，那明亮眼眸中有一把火苗在乱窜。我心怦怦直跳,脸在烧。我要被青玉眼中的火苗点燃了。我意识到青玉在和她的女同桌谈论关于我的什么事情。

青玉的父亲是那所中学最权威的语文老师,专门带高中三年级的语文课。他的父亲瘦高个子,非常严厉,眼总是瞪着,似乎和这个世界有仇。我想不明白,那么凶的一个父亲,怎么能生出这么个娇柔温顺小巧可人的女儿?!

其实,那天我还是听到了青玉的一两句关键词,比如作文比赛、获奖等。晚自习后躺在宿舍土坑上,我忽然明白,青玉是在通过和她女同桌的谈话,向我透露一个好消息——我参加作文比赛获奖了。

是真的吗?!我惊喜地握住拳头,身体在被子里绷成一条直线。但青玉给我留了一个悬念,她没有提到我的名字,难道只是用她那带火苗的眼睛看我一眼就说明是我的作文获奖了吗?!

接下来的日子,我在渴望与激动中度过。偶尔我会和青玉的目光有意无意碰撞在一起。她会迅速垂眉匆匆离去。我的脸会发烧,她的呢?青玉的嘴唇薄薄的,艳艳的红。我能感到那上面湿漉漉的气息,像草莓。

终于盼到作文上墙报的日子。那天我端着饭碗去学生食堂,路上远远看到许多人在仰着头看那面高高大大的墙。学校以前每次作文比赛,获奖者的作文都会被人用毛笔写在大大的白纸上,再贴上墙。刹那间我的心激动得要跳到嗓子眼儿。我故意放慢脚步,一步一步走过去,站在了那些仰着脸读作文的同学中间。我的眼睛迫不及待地寻找我的作文、我的名字。第一排,从左到右,没有;第二排,从右到左,没有;最后一排,从左到右,还没有。我不相信,又从头至尾看了一遍,两遍,都没有。我的身体在慢慢坠入冰窟。

学校里,获奖同学的最高奖赏,就是把他们的作文贴在这面墙上。

那天晚饭,我不记得自己吃饭没有。坐回教室,我依然沉浸在人生第一次无法言说的痛苦中。难道是青玉在欺骗我吗?!她为什么要骗我?!

青玉来了,她飘忽地望我一眼,像做错什么事儿似的悄然坐到自己座位,整个晚上一句话也没说。

我不能怪青玉。也许这一切都是我的一厢情愿，是我自己的揣测……

　　多年以后，又见到青玉。她已经由一个青涩小女生长成如花似玉的大美女。

　　青玉红唇轻启：对不起，我曾经深深地伤害过你。那时候我本想告诉你，你的作文获奖了，父亲也用毛笔写在白纸上。可是后来因为你写得太长，占空间太大，才没有贴上墙。我很想向你解释，却不知道怎么开口。青玉说着，拿出一个红色的方盒，里面是一叠整整齐齐已经泛黄的纸。我一直收藏，我想总会有一天能告诉你真相。

　　我从青玉手中接过三张硕大的纸，上面工工整整用楷体写着我的那篇获奖作文《故乡的小河》。

　　青玉说：我父亲说你是最棒的！

　　那一刻，我从青玉的眼眸中，又看到了闪亮的火苗儿。

　　如今，青玉是一个叫朵朵的孩子的妈妈。

　　我是朵朵她爸。

多年前那场春雨

高阳是我出了五服的表姐，这个不知绕了多少枝节的称谓，我在乡下读小学和她坐同桌、为挣地盘划三八线而打架的时候还不知道。后来到市里读重点中学，她娘来找我娘，两人谈得万分投机，不知从哪里就论上了表姐表弟。真正原因是从乡下到城里三十几里偏僻狭窄的小道，还要渡一条宽阔的柳子河，高阳娘怕女儿遇上狼，或者像狼一样的人，所以来找我做伴，孰不知道高阳并不比狼差多少。

每次去学校，高阳总会找各种充足的理由，把大包小包东西搁到我的肩上，自己则像小鹿般一身轻松又蹦又跳。我那时也实在老实得可以，居然以男子汉自居，心甘情愿为她当牛做马。到学校时，夕阳西坠，校园一片昏暗，我狼狈不堪去男生宿舍睡地铺，饿着肚子直到第二天早上才能到学生食堂啃那又黑又硬的馒头，而高阳却可以到学校隔壁她姨父家饱餐一顿，然后在温暖的席梦思床上美美地睡上一觉。

一星期后，我们又早早往三十里外的家乡赶。这对我是很高兴的事。因为每次回家，娘总要煮一锅我最爱吃的红薯稀饭欢迎儿子归来。高阳家和我家仅隔着一条小河，尽管这丫头又野又刁，但异性的吸引已使我从心里产生一种无孔不入的不安和快慰。

时间眨眼到了初三，那是浓春的一个下午，我和高阳被一场大雨阻隔，不得不在一个临时窑洞中避雨，这个处所极像样陕西延安的那种，但面积小得可怜，平时只够一个放牛仔独居，两个人就显得紧张，我们不得不面对面贴着墙站着。

高阳的上衣已经湿得贴在身上，裸出凹凸分明的线条。因为刚才快跑躲雨，她的胸潮起潮落般起伏不定，呼出的温热的气息扫着我的鼻尖，有一种痒痒的感觉。她的脸颊略显苍白，愈发显得一双浓眉一对大眼和两扇很厚很艳的红唇。我着实被那满是诱惑的胸所迷惑，一时竟痴了，结果狠狠挨了一拳。

文家宽，你看啥呢？

我抬头看住她的脸，笑一笑说：原来你也很漂亮。

烂掉你的舌头。高阳恨恨地骂，还差一点把我推进雨花飞溅的世界。

雨稍停，我急不可待地冲出窑洞，但到柳子河我便傻眼了。混浊的河水淹没了几根棍棒搭起的桥，平静和缓的水面布满无数移动的漩涡，沉默得让人感到恐怖可怕。在小河边长大的我依仗自己深谙水性，脱下外衣趟进水里，几经周折方才到了对岸。回头看，高阳还站在对岸，我得意地向她招手：再见了！

你个黑泥鳅！她愤怒地喊。

我小时候长得又黑又瘦，便落个黑泥鳅的外号，益满全村。

一瞬间，许久来高阳所做可恶、可恨之事全涌上心头，我恶作剧般转身，独自往回赶，身后传来高阳的呼喊。你扔下我，我告你妈去。

声音突然停止，我觉得有些不对，猛扭回头，高阳已经在水里挣扎沉没了。

我撒腿往回返，奋力劈风斩浪，终于把她从漩涡中扯上岸，我和她都瘫倒在岸边。

我们不得不重新回到那座窑，这个狭小的唯一干燥的地方，成了我们临时的避难所。到了晚上，我的肚子饿得咕咕叫，高阳像变魔法似的，从书包里拿出一个大苹果，在我眼前晃了晃：文家宽，想吃不？

我吞咽了一口唾液说：当然——不想。

你这叫什么？死要面子活受罪，就看着我吃吧。高阳咯咯笑了，狠狠咬一口，大嚼，一边歪着脑袋看我：想吃可以，叫声姐就给你。都快三年了，你一次姐也没叫过我。

苹果的香诱惑着我，肚子在向我不住抗议，我娘说过，男子汉大丈夫，能大能小是条龙，只大不小是件虫。为了苹果，我就服一次软，叫声姐也不缺我一根汗毛。

文家宽，快叫姐，叫哇，不叫等会儿苹果就没了。高阳又狠狠咬了一口。

我一咬牙，叫：姐。

声音太小，听不见。

我再一咬牙，扯开嗓子大喊：姐——

嗳——好弟弟！高阳得意地大笑，银铃般的笑声穿过雨帘，传出去三里地。笑足笑够了，她从书包里变魔术般又拿出个大苹果：这本来是俺姨要送给俺娘的，给你！

雨一直哗哗下不停，柳子河水流湍急，我们不得不打消过河回家的念头，继续躲在窑洞中。

半夜里一阵抖抖索索的触扶使我从梦中惊醒，我的几乎半个身子已经伏在高阳的怀里。高阳一双明亮的眼正注视着我，她不知什么时候把上衣脱了，拧干披在身上，里面只穿着一个红肚兜兜。高阳像许多乡下女孩一样，丰腴、高大、强壮，但又不像一般村姑那样肌肤粗黑，这大概与她一直在学校读书，不受风吹日晒有关。

两双眼睛默默地对视许久，她开口道：你刚才说我很漂亮，是真的吗？

我点头，看住她那双黑珍珠般闪亮的眼眸。

高阳突然伸出白皙的双臂紧紧环抱住我：文家宽，我冷。透过薄薄的衣衫，我清晰地感受到她的体温，和一颗活蹦欢跳的心。我们紧紧拥抱在一起。

天气很好，雨后的晴空散发着湿润的气息，一轮圆月温柔地挂在半空，不远的花树倒映着婆娑的影子。在这远离村庄和人迹的原野，在这个散发着泥土腥味的原始窑洞里——我与高阳相拥着坐到天亮。

多年以后，每每回忆起来，总感觉那一夜的空气特别的清新、纯真。

父亲大人

父亲大人是个农民，仅读过几年小学，便因家贫而辍学。后来父亲当过兵，据他讲还做到排长之职。退伍时准备分配到百里外一家工厂工作，父亲去看了看，回来说：还是种庄稼好！父亲就扛着锄头下地，再没提去工厂的事。父亲不嗜酒，但烟瘾特大。最早是大烟叶，用粗糙的大手一搓，把烟沫儿倒在纸上（那纸常常是我和弟弟用过的演算纸），左手握住一端，右手在另一端轻轻一捻，就卷成了卷儿，叼在口里，洋火引燃，深深吸一口，半响才吐出一口浓烟，把我们弟兄俩熏得直咳嗽。父亲挺开心的样子，哈哈大笑。

随着社会进步，生活水平的提高，父亲改吸白河桥烟了，二毛一盒，二十根。因为长年吸烟的缘故，父亲的痰特别多，常常一阵咳嗽，然后用力一咳，仿佛要把肺腑中的脏污全部赶出来，接着"呸"一声，一口浓痰就落在地上。母亲爱干净，起初极不愿意：刚打扫完的地，让你这一吐就脏了。一说再说，父亲急了，一拍桌子说：老子的家，想怎么样就怎么样，你嫌脏就给我滚。母亲为这哭了一天，两天水米未进，最后父亲慌了，走过去说了半响好话，母亲才转过脸儿。即使如此，父亲的毛病还不改，以后母亲见了，只是叹口气，有时还扔下一句话：狗改不了吃屎。父亲也不恼，依旧吸他的烟。

父亲最得意的事就是养活了我和小弟两个儿子。弟读完高中，没考上大学，自己到镇上找了份工作，四年后弟在镇上盖了一幢房子，娶了媳妇。弟接父亲去住，父亲便含着烟袋背着手去了。住不到一个星期，父亲气呼呼又打道回府了。没别的原因，只因为父亲随地吐痰的毛病。弟媳妇是县医院护士，新盖的房子干净整洁，父亲大人一咳一呸，弟媳极不习惯，让弟提醒父亲。弟一说再说，父亲火上来了：管天管地，你还管老子吐痰放屁！老子不住了！于是一扭身便回了乡下。吓得弟跟在他屁股后面回来，连连道歉说：爹，爹，您老可千万别气坏身子，以后你想怎么着就怎么着，我决不说个不字。父亲到家又抽了一根烟，气才消了，一挥手说：老二啊，爹不怪你，爹这毛病几十年了，你妈都管不了，没办法的事，就是天王老子也改不过来我这个毛病了。弟回头又去商店给父亲买了十条上好的烟说：爹，你慢慢抽，我得空回来再给你带些来。

我是幸运的一个，读完高中，顺利考上北京一所名牌大学，在学校时交了个北京籍的女朋友，毕业后就在北京一家合资企业谋个职位。通过数年奋战，也算小有成就。今年春天，我购了房子，有了一个真正属于自己的天地。在我和爱人的一再要求下，父亲终于答应来看一看。父亲带着母亲千里迢迢而来，他看过我的新居后十分满意说：赶上老二刚在镇上盖的小别墅了。有妻子在一旁小心侍候，母亲也乐得合不拢嘴。

父亲次日决定到我的办公室视察一下，他无法想象自己山沟沟里长大的儿子拥有什么样一个办公地方。我只好将他带去。父亲乘电梯上到23层，走进我的办公室，禁不住睁大眼，啧啧不已，我的办公条件之好是他想也想不到的。这时候习惯又出来作怪了，父亲猛然一咳，准备吐时才发现地上铺着干净的地毯，甚至比乡下睡觉的床单还干净十倍。父亲一时无处可吐，一脸尴尬，我的秘书急忙把痰盂递了过来。父亲酱红的脸成了紫色，回到家对我母亲说：让人家大姑娘侍候，真是惭愧得很。母亲笑他说：那就改改你的毛病吧！父亲连连摇头说：改不了，一辈子了，天王老子也给我改不过来了。

到北京的天安门看一看是父亲多年的愿望，接下来父亲便要去天安门广场。我因为与外商有个约会，牵扯到公司几百万的合作项目，不能相陪，只好由妻子一个人代劳。谁也没有想到就是那天发生了父亲平淡一生中最值得大书特书的一笔，我至今都后悔自己当时不在现场，不能目睹父亲那一刻的高大形象。

那天上午，父亲从毛主席纪念堂出来，站在那排飘扬的红旗前，习惯又发挥了不该发挥的作用，激动的父亲突然大咳一声，母亲来不及制止，一口浓痰已落在广场上。一位戴红袖章的大妈应声出现，递给父亲一张罚款单，父亲的脸再一次成了紫红色。他连连向老大妈鞠躬道歉，并交了五元罚款，他真诚的态度使那位执法的老大妈倒有些不好意思了。父亲的举动吸引了两名不怀好意的外国人，他们等执法大妈离开后围住父亲，叽里咕噜说半晌，汉语中夹杂着英语。父亲似懂非懂，最后终于明白老外的意思：只要你朝地上吐一口痰，我们就给你一百元。老外手中握着100元钞票在父亲面前晃来晃去。

父亲起初感觉很奇怪，接着就对那两个红发高鼻子的外国人产生了警惕性。那是什么？父亲指着老外肩上扛的那个正对着自己的摄像机问。老外狡猾地笑着解释：它类似于放电视，这里录下来，拿回家可以重放。父亲突然明白了，他骂了一句很难听的话，在乡下那是一句很恶毒很解气的话。父亲连连摆手，态度坚决，绝无任何商量的余地。父亲拒绝了那一百元的诱惑，尽管他刚刚失去五元人民币。许多人围过来看，父亲大声说：把我丢人的事录下来，回去让老外看咱中国人的笑话，真他妈想得出来——他又努力地咳了一声，再也不说话，直到离开广场，把那口痰吐进一个绿色垃圾筒内。一位晚报记者目睹这件事的全过程，次日在晚报头版发表署名文章，并配发了父亲的巨幅照片。父亲握着报纸左看右看，半天后笑道：老了老了，还上了一回报纸。

父亲在北京住了一个多月便和母亲回了老家。

一天，妻子忽然问我：你说你父亲有个吐痰的毛病，他来咱家那么久我怎么一次也没看到呢？经妻这么一问，我才注意到，父亲自从去了天安门之后，再也没有随地吐痰了。

半年之后,收到一封母亲的来信,说了些家长里短的话后,母亲很高兴地表扬父亲:去了一趟北京,回来后你爹把他多年来吐痰的毛病改了,再没见他随地吐过一次痰。

花奶奶

　　花奶奶拿着发哥的信颠着小脚来找我：娃儿，念给奶奶听！

　　我在村里读小学五年级，学习还算过得去，尤其是作文，常被唐老师做范文在班上讲读。花奶奶生在旧社会，从小就给地主当丫头使唤，斗大的字不识一升。她的大孙子发哥前两年到深圳打工，每次从深圳来信，花奶奶就来找我帮忙。

　　这次发哥来信问家中的毛主席像章还在不在，嘱咐花奶奶无论谁来买，出多高的价也不能出手，要等他回来再说。花奶奶一听就笑了：主席像章是能买卖的吗！前晌有两个外地人来要买，被俺一顿臭骂轰走了。这些人竟然在主席像章打主意，良心都让狗吃了！

　　你家有好多毛主席像章吗？我好奇地问。多哩！他爹在部队上干过，收集了好多好多主席像章哩！花奶奶一把拉过我的手说：走，奶奶让你瞧个够儿。

　　花奶奶在她的床头柜里摸索半晌，从最底层取出一个红布包裹，神态庄重地打开，里面又有一层黄布包着，再打开：哇，我的眼前豁然一亮：全是毛主席像章，有的大如手掌，有的小如拇指肚儿，有镀金的，有瓷玉的，全擦拭得锃亮，熠熠放光。

　　发哥信上说这值好多好多钱哩！

　　傻仔儿，这不能卖。花奶奶一个一个小心抚摸。

为啥？

这是主席的像章呵！花奶奶若有所思地说：就是要了我的老命，这也不能卖。不久后的一天，我放学回家，路过花奶奶的院子，看见村中的许多男女老少都在里面，远远还听见花奶奶愤怒的声音：原来发哥从南方回来了，进门就想把花奶奶珍藏多年的毛主席像章拿到南方去卖大价钱。真是鬼迷心窍，把主意打到主席身上，你们这是忘恩负义、狼心狗肺。别说一百元一个，就是一千一万，搬座金山、银山来，抱个金娃娃来我也不换。

发哥蹲在门口，听着花奶奶的责骂，低头不语。围观的人都一脸肃穆。有人低语：拿主席像做生意，挣的也是昧心钱！

花奶奶颤巍巍立在院中央，拐杖把脚下的黄土地拄得咚咚响：主席是谁？是把咱从火坑里救出来的大救星。没有主席，你奶奶我早就死在地主贺老六的手下了。奶奶保存这些主席像章，为的是什么？为的就是要天天能看到他老人家，为的就是要天天谢谢他老人家。你却要把主席像章拿去卖了。我告诉你吧，要命，你奶奶有一条，要我卖毛主席像章，你趁早死了这份心吧！

发哥蹲在门口，把头勾得低低的。

过了几天，发哥要回南方去，他只带走一枚主席像章，说要永远珍藏在身边。花奶奶和我一起送他到村口。望着发哥远去的背影，花奶奶轻轻地说：娃儿，记着，这世界上有些东西是不能用钱来买卖的啊！

如歌的行板

读高中的时候,银木突然爱上了水。他们在同一个年级同一个班,银木坐在水的侧后方,他一抬头就看到水的侧影,乌黑的秀发,白润的脸颊。他觉得她的线条真美,每一处起伏都触动了自己心底刚刚苏醒了的那棵嫩芽儿。

银木有许多话想给水说,他用一个夜晚写了十几页的信,一行行一字字都是他的怦怦心跳和浓浓爱意。在课间同学们都出去做操时,银木走在最后,当教室里没有别人时,银木疾速走到水的座位旁,把那摞厚厚的信压在水的书桌抽屉里。

做完早操回来,银木关注着水的一举一动,她拿起书,掀开抽屉,她看到了书桌抽屉里多出来的那摞信……接下来是难熬的等待,一天,两天,对银木来说就像漫长的两个世纪。第三天,晚自习之后,教室里只剩下银木时,水走了过来。

水说的话理由充足,但毫不新鲜:"我们要专心学习,马上要考大学,我不想因为这事影响学业。"

银木的心沉了下来,就像沸腾的水,忽然变得冰冷如镜。当水转过身时,银木绝望地想:一切都结束了。那一刻,就仿佛热烫的青春画上了句号。

听课、做作业……日子又回到正常轨道。一周后,令银木意想不到的是，水在一个傍晚，在一条寂静的小道上突然出现。水说："我们可以成为朋友，一起学习。"

银木又惊又喜。水不仅是班里的班花，还是校里的校花，水的美丽有目共睹。对水的这个建议，银木无法不接受。从此，他们一起学习，甚至水还跟着银木到他的家里做作业。

银木的家，就在学校的教师住宿区。银木和爸爸一起生活。那段日子，银木觉得阳光明媚，一切都变得明亮而清新。但父亲看出了银木和水的异样，父亲态度坚决："你现在是中学关键时期，只能一门心思学习，不能做其他事儿，这会影响你一生的轨迹。以后，不许她到咱家来。"

父亲的反对，银木没有明确反抗，只是把和水一起学习的地点，改在了学校后面的小树林。

就在银木沉浸在于幸福中时，班长来找他了。班长说，水不是一个好女生，她不仅和班长好过，还和学校其他班级的男生好过。"你总不想找一个狐狸精做老婆吧，她会给你戴绿帽子的。"

犹如一记重锤，重重击在银木太阳穴上。他是读中学时，才随父亲转到这所学校的，对这所学校和水并不知根知底。没想到水竟然是这样的女人！银木的心一下子变得又冷又硬。他取消了与水共同学习的行动，就像在心里彻底关闭了一扇门。

水似乎也知道为什么，她曾想和银木解释，但银木并没有给她任何机会。而水也没有再努力争取。于是，一切归于平静，他们各自学习，各自生活。后来，他们又各自考上了大学，一个天南，一个地北。再后来，银木和父亲一起来到了另一个城市一家国有企业。

当银木大学毕业回到那座城市上班的时候，有一天，水突然出现了。银木感到有些意外，但并没有完全拒绝，只是像老同学那样接待了水。水从银木礼貌而平淡的态度中看到了答案，第二天，黯然离开了那座城市。

时光如梭。一晃多年过去。银木已经结婚生子。后来，他所在的工厂因为效益不好破产，银木只身来到了广东打工。无味的日子，寂寞的长夜。银木忽然忆起中学时的水。不知她现在过得怎么样？银木盲目地在网上搜索水的名字，竟然找到了水的QQ。他试探着加她为好友，通过聊天，果真是水。

水在上海一家公司做会计，也已经结婚生子。时隔多年，他们在网上相遇，又有无数的话要讲。那把沉寂熄灭多年的火，又渐渐明灭、燃烧起来。

银木在那家南方公司经过多年努力，做到经营副总的位置。当公司准备开拓上海市场时，银木争取到了机会，他只身来到上海，成为开拓上海区域的项目经理。

一个炎热的午后，银木和水见面了。两人重新走到一起，不同的是当初的少男少女，一个已为人夫，一个已为人妇。时间就是如此神奇，他们走过了半个中国，又走到同一个地方。

银木承认，他的婚姻并不幸福。水也坦陈，自己的爱情并不美满。

那天，他们在黄浦江畔一间咖啡屋坐了一个下午。银木此时方才知道，自己当初上了班长的当儿，他太轻信别人的话。实际是：因为班长追求遭到水的拒绝，故意在校内传播水的谣言，给她泼污渍，自己竟然深信不疑。

那晚，有人在黄浦江畔断断续续地吟唱——
夜上海夜上海，你是个不夜城
华灯起车声响歌舞升平
……酒不醉人人自醉
胡天胡地蹉跎了青春

蛇　义

　　黑妞家盖房，四面山墙都砌好，大梁也上了。

　　中午，做工的人正吃饭，没注意黑妞已经爬到房脊上去了。黑妞爬在大梁这边，大梁那边，不知何时，盘起一条梅花蛇。黑妞看得清楚，蛇背上一前一后有两朵雪白的梅花。黑妞冲蛇招招手，蛇冲黑妞点点头。爹气得跺着脚大骂，让她赶快滚下来。娘慌忙摆起香案，燃烧起香烛，冲大梁那端的蛇连连磕头，口中念念有词："蛇神仙啊，你可要保佑俺全家都平平安安啊！"做工的人纷纷说："蛇是小龙，可得罪不得！"

　　房屋盖好，爹娘住东屋，黑妞住西屋。一夜醒来，黑妞见床头枕边盘着一条蛇，细看，和房梁所见一模一样，背上有两朵梅花。黑妞不怕蛇，蛇也不怕黑妞。两个生命相处得很和平，黑妞不时偷偷弄些食物来给梅花蛇吃，到了夏天，酷热难耐，那蛇就贴了身子与黑妞同眠，其身体清凉怡人。爹娘村人都不晓得此事。

　　黑妞生得黑，皮肤如炭，一双眼大而乌亮。刚生下时，一团乌黑疙瘩，爹以为是一妖精，要往村北深水沟里扔，被娘苦苦拦住。黑妞一日大一日，依然浑黑不变，站在煤堆上，远远看去，分不清哪是黑妞，哪是煤炭。村人都说黑妞这样黑，恐怕将来很难嫁人。唯村西学究老土说："黑妞黑，人家黑得滋润。"

　　天有不测风云，这年枯夏，一个电闪，黑妞家中突然起火，火势汹

· 102 ·

汹，照得见院中桃树上猫头鹰的眼睛。全家人狼狈逃出屋，惊魂未定，黑妞忽然想起床头的梅花蛇，二话没说，低头扎进西屋里去。爹娘出手想拦，已经晚了，只好也先后跟进去。不巧，一根断檩落下来，击中爹脑袋，又一根断檩落下来，击中娘脑袋。爹娘顷刻间皆死于非命，唯黑妞从火海中抱着梅花蛇逃了出来。黑妞恸哭："爹、娘，俺对不住二老啊！"自此，黑妞与梅花蛇相依为命。

四乡八邻知道黑妞养着一条梅花蛇，先是惊诧，后是奇怪，再后来见了黑妞，远远就躲开了。光阴似箭，转眼黑妞已长大成人。因其与蛇同居，无论远近的小伙子，都不敢登门。黑妞自己倒相中一个，托人去问，小伙子虽不怕蛇，但嫌黑妞皮肤太黑，最终没同意。黑妞事后说："人有人道，蛇有蛇义，不做亏心事，有啥可怕？"又说："人不可貌相，海水不可斗量，俺人丑心不丑，为啥以貌取人？"遂不再谈嫁人之事。

命运多舛，黑妞21岁时，不幸患了麻风病。此病传染，村人无不惊惧，将她送到村东半山坡上一幢荒废多年的独屋中隔离起来。梅花蛇绕屋三日，后不知去向。

初始，村中远亲还送些饭菜，黑妞尚能饱腹，天长日久，渐渐疏懒，最后竟至将她忘却。黑妞在屋中饿极，见窗外枝叶葱绿，探手摘食。近窗枝杈很快秃了。再远，黑妞臂短，无法够及。遍寻屋里，只有地上铺床用的干草尚可果腹，又吃干草。干草吃完，无食可吃。因为患病，黑妞手无缚鸡之力，根本无法冲出门外。黑妞悲怒交加，双手就拼命挖地，十指磨得鲜血淋淋。最后，竟意外地挖到一坛陈年老酒，坛盖已经破损。一股奇香扑鼻，黑妞顾不得许多，举坛仰脖猛喝。喝罢，感觉头沉脚轻，斜依墙根睡去。一觉醒来，腹中更饥，又举坛仰脖大喝，喝罢再睡。

三日，酒尽，见坛底盘一梅花蛇。黑妞目瞪口呆，细看其背上，一前一后有两朵雪白梅花，不由落下泪来："这不就是我的那只梅花蛇么，它怎么钻到这酒坛中去的！"黑妞大哭，直哭得天昏地暗，哭罢又沉沉睡去。

次日，黑妞醒来，浑身清爽，抬胳膊动腿，感觉平添了许多力气。她急步来到门前，拉门。门哐哐作响，不开。又到窗前，奋力掰那窗栅，木栅尽折，遂从窗口跳跃出去。

阳光明媚，大地静寂。山坡下小村，如卧画中。黑妞来到河边沐浴，洗面洗发洗衣。村人乍见，都惊诧不已，只见眼前的黑妞长发飘飘，弯眉大眼，皓腕纤足，肤白如玉，宛若仙女下凡一般。再三询问，黑妞方将自己所遇讲述一遍。村人啧啧不已，村西学究老土叹道："蛇酒药力，神秘奇异，李时珍也不曾研究个明白透彻，黑妞之病，肯定因它而愈！梅花蛇知恩图报，世间闻所未闻，真是一条仁义之蛇啊！"

黑妞将梅花蛇葬于父母墓旁，并请学究老土写了"义蛇之墓"四个大字镌刻于碑上。至今，南阳大王村外尚有此碑，虽经风吹雨淋，字迹仍清晰可见。

城市凶猛

牛三小学没上完,就去山坡上放羊。牛三爹说:上学有啥用,我斗大字不识一升,照样养活你们娘几个!山很大,牛三很小。羊像一片片棉絮,伏贴在青山坡上。牛三看看地上的羊,又看看天上的白云。云朵儿从东山飘到西山,又从西山飘到南山,最后往北飘去,飘过北山顶儿,就看不见了。牛三知道,翻过北山顶儿,再走两天一夜就到大城市了。大城市有高楼、有跑得飞快的车,还有比花还漂亮的女人……牛三慢慢地就想去大城市了。村里的马老五去过大城市,啥世面都见过,牛三决定去问问马老五。就你吗?马老五上一眼下一眼打量牛三,龇着大板牙说:你去城里干什么?卖报纸?扫马路,还是在火车站扛大包?凭你这小身板挣三核桃俩枣钱能顾得住嘴?商场里一件小衬衫,标价1800元,够咱吃3年白馒头;你到菜市场走一圈,满眼都是锃亮的刀,"嚯嚯"地响,一斤黄瓜6元5,那不是吃黄瓜,那是吃血汗钱哩!牛三捏捏自己穿了三年的破汗衫,不服气地说:我去讨饭也比在山里过得好!

马老五头摇得像拨浪鼓说:牛娃儿,不是叔吓唬你,大城市危险哩。你瞧那二十八层高的楼,不知道啥时候突然从上面掉下个盆啊罐的,砸你脑袋上,把你脑袋砸个稀巴烂。

牛三吓得一缩脖,伸手摸摸自己的青脑壳试着问:真那么准?马老五说:你不相信,看看这儿!马老五俯下脑袋,牛三看他后脑勺左边果然有一道长长的伤疤，裸着灰白的皮肉。马老五在伤疤上揉一揉说：多亏我运气好，掉下来的花盆砸歪了，只挂着左边半个脑皮儿。

晚上，牛三回家，端着稀饭碗满脑里都是从半空往下掉落的盆和罐。爹冲他直吼：兔崽儿，发什么呆，魂儿让狗叼去了？

第二天，牛三又到村东寻马老五。马老五说：大城市里危险多着呢，你看那大街上飞跑的车，不长眼睛，像炮弹似的。你正在走路，没招谁惹谁，突然从前面斜着冲来一辆大卡车，把你撞出老远，撞你个骨断筋折，小命都没有了。

我的妈妈，牛三倒吸一口冷气问：那儿的车比咱镇上的还多？马老五哈哈大笑说：多！咱镇上的车和大城市比，是九牛身上一根毛。再说人家的车比咱镇上的高级多了，什么'奔吃'、'熬地'、'卡地拉客'……名儿你都叫不出来，怪得很。牛三眨眨眼若有所思地问：它咋会就正好撞上咱呢？马老五一瞪眼说：街上那车跟流水一样，一辆连一辆，头咬着屁股，屁股蹭着头。俗话说，常在河边走，谁能不湿鞋，不信，你瞅这儿。马老五撩起大裤筒，只见他大腿外侧有一道尺余长的伤疤，上面还有清晰的针线缝合痕迹。牛三吓得一闭眼问：我的爷，这就是让车撞的？马老五说：骗你我是你孙子！那是一辆"丧他妈"，你说这车名儿起的，死他妈，他妈没死，差点把我撞死了！

那夜，牛三做了一个可怕的梦，从噩梦中醒来，发现自己的床上又湿又臭。他再也不想去城里了。几十年后，牛三的儿子牛小三向爹提出想离开大山去大城市找份活干。牛三就把马老五的话讲给他听。牛小三翻一翻眼珠说：你又没去过大城市，你怎么就相信马老五的话呢？牛三说：我看过他头上和大腿上的疤！牛小三摇摇头，不肯相信。

第二天，牛小三背着个小包裹，走出深山，向大城市方向走去。

容哥遇险记

单位办公室开车的师傅姓容，45 岁，都叫他容哥。容哥瓜子脸，大眼睛，有一撇小八字胡，身体干瘦，说话干脆而风趣，办事机敏，反应很快。据容哥讲，他主业是电工，有高级电工资格证书，后来改行开车，什么车都摸过，还在首钢开过卡车，如今车龄有二十几年了。

一天与容哥闲聊。我说据报上讲北京出租车司机也是中产阶级，每年收入在十万元左右。容哥说：你在哪里看的，净是瞎说。我开过两年出租，最清楚他们的收入情况。给你算一笔账，司机每天要向出租车公司交 140 元管理费，然后再挣 40 元是当天的车油费，再加上一天的吃喝烟钱，每天不挣到 200 元行吗？一个上午挣不够 150 元就不能收工吃午饭。有一次，我从早上 8 点到中午 12 点，只挣了 60 元，气得一打方向盘回家歇着了，但歇着可以，还得自己掏腰包给公司交钱，因为你无论挣不挣钱，每天都要上交 140 元。所以说出租车司机每天一睁眼就欠人家 140 元的债！

我感叹，出租车司机够辛苦的！

容哥说：辛苦还算小事，出租车司机这个职业还时常有遭遇危险的可能。接着他就讲了自己亲身经历的一件非常危险的事。

那次已是晚上 11 点，容哥送完顾客准备回家，一个小伙子不声不响拉门坐进车里。平常每到晚上，容哥就把四个车门锁了，外人不经他许可开锁是不可能坐进车的。可是那次容哥忘了锁门，等他想起来为时已晚。

小伙子上了车，容哥不能拒载，只好问：您上哪儿啊？

小伙子并不理他，问了几遍小伙子也不回答。容哥想这人是聋子还是哑巴，十聋九哑，和他说话他没任何反应，可能是又聋又哑。

等片刻，又上来一胖一瘦两个人坐在车后座上。胖子说出一个地点，容哥知道那地方已是城郊，十分偏僻。容哥又注意到身边这个不说话的小伙子裤子口袋鼓鼓的，看得出那里面是一把长长的匕首。容哥心里就感觉不对，他一边开车一边想办法如何才能把他们请下车。

我说：您怎么不直接开到派出所？容哥说：人家又没有动手，你凭什么说他是坏人呢？

容哥故意闯红灯，他希望有警察出来拦他的车，这样他就可以顺理成章地请三人下车。但由于时间太晚，警察已经下班，十字路口冷冷清清的，看不到人影儿。

后座的胖子拍了两下手，前排的小伙子扭回头俯耳听胖子嘀咕了几句说：知道。容哥明白了：原来这小伙子既不聋也不哑。那他为什么不对自己说话呢？容哥心里更加紧张，他预感到今晚可能有什么事发生！容哥知道劫车一般有两种情况，一种是劫车要钱，劫车人上车掏出刀子逼你掏钱，拿了钱他就下车走人；另一种是劫车要车，引诱司机开到少人偏僻处，杀人劫车。

从后视镜上往后看，容哥只能看到那个胖子，而他背后的那个瘦子容哥却看不到一点影儿。这使容哥很不安，因为他不知道那个看不到的人在他背后会干些什么勾当。

车到北京五环，已经人烟稀少。容哥必须尽快脱身，不然就没机会了。这时他看到一处加油站，那里有不少人。容哥想：这个机会不能错过。他悄然碰了一下方向盘旁的防盗开关。

防盗开关有多种预防功能，比如遇上劫匪持刀劫车，司机可以马上下车，将车交给劫匪开走。司机在下车前只需碰一下防盗开关，将防盗开关打开，这样劫匪开车出去不到五十米，那车就会自动熄火，并发出刺耳的报警声。

出租车又往前走了几十米自动熄火了。容哥下车，装作查看检修，然后对那三个人说：对不起几位，我的车坏了，只能送你们到这里，车钱我不要了，你们请自便吧！

　　那三人无话可说，下车离开了。

　　容哥长出一口气，检查了车的前后座，没发现问题，便重新坐回车中，又拉送了两个顾客后才返回家。次日一早，容哥出门照例要检查车况，突然发现自己座位后面的保险板上四个螺丝钉只剩下一个，其余三个齐整地放在一边。回想起昨晚的一幕，容哥不由吓出一身冷汗：那三个家伙就是准备要劫车杀人的，如果再晚一会儿，那最后一颗螺丝钉被卸下来，容哥的后果将不堪设想。

刀客侯七

明末清初年间，南阳一带出了一名刀客，不知从何而来，何方人氏，无名无姓，只有一个号：捕风刀客。此人会飞檐走壁，来无踪去无影。南阳诸镇再无宁日，寻常百姓昼夜提心吊胆。捕风刀客艺高人胆大，也从不避忌，一把柳叶捕风刀斜插背后，行于大街上堂而皇之。南阳知县范知厚曾派手下三大名捕联手来擒他，被他片刻之内全部取下首级，留下无脑袋的尸体戳在当街。捕风刀客出手之快、之狠，江湖中少有。当时，三大名捕血溅南阳放马大街，两边百姓看得目瞪口呆，纷纷关门闭户。从此捕风刀客更加嚣张。那些有黄花闺女的人家，更是担惊受怕，唯恐哪天闺女被他糟蹋了。南阳人又送他一个外号"采花刀客"。甚至有的人家夜里小孩子不睡觉哭闹，大人就说："快睡吧，不然捕风刀客就要来抓你了！"

南阳武林五大盟首聚会，正在商量对策，只听屋顶一声冷笑，捕风刀客跟着跳在当厅，也不多话，手中柳叶捕风刀舞出一片雪影，几个盟首不防，顷刻间死了三个，伤了两个。捕风刀客转身踏着血迹离开大厅，扬长而去。大盟首范希功伤在胸部，躺在床上半月未能起来，他说："要捕此人，恐怕只有刀客侯七了。"三盟首胡喜春残了一条胳膊，他说："可惜侯七当年因抱打不平失手杀人，他离开南阳十多年，如今是否在人世还在未知中，哪里去找他？"范希功叹口气说："县府拿捕风刀客没办法，难道我们武林人士也就此撒手不管了么？"三盟首胡喜春低头不语。

这一日，侯集镇大集，镇东华龙街上热闹非凡，忽然人群如炸开锅般乱作一团，瞬间闪出一条道来。众人侧目，但见捕风刀客自北而来，双脚走步如风，二目朝天，视众人如草芥。却有一老者当街坐定，不避不让。老者很瘦，左眼眉上有一红痣，痣上有两根长长的黄须。捕风刀客大怒："何方人士？竟敢挡道。"老者道："江湖中人，看相为生。"捕风刀客道："看我如何？不算未来，只算过去，讲对便罢，稍有差池，要尔狗命。"老者凤目微启说：" 单道这月之事如何？""也好。"捕风刀客面沉似水，只待老者言错，一刀结果其性命。

"本月五日，吴家金店失盗。七日，平安堡主被剖心而亡。八日，豆腐冯家闺女冯小妹被人非礼，凌晨自尽身死。十一日，南阳州刘大人后院起火，皇封的玉龙珠不翼而飞。十四日，也就是昨天，南阳知县范知厚被人当胸一刀刺死。请问，这桩桩件件可与你有关？"

捕风刀客仰天大笑道："此话不假，确为本人所做，只道今日我来这侯集镇欲做何事？"

"午时一刻，禹家庄贾员外到关帝庙上香，其有一女贾心兰，貌若天仙，你早有垂涎之心……"

"你看此事能成否？"

"花士奇，你已死到临头，何言成败！"

"你、你怎么知道我的名字？"

"中州十大恶人之首，天下武林中正义之士，人人可得而诛之。你虽然改变了容貌，但本性难易，依旧无恶不作，明年的今日，就是你的周年！"

捕风刀客倒退一步问："你是何人？"

"莫问，只管出手吧。"

捕风刀客再退一步问："阁下可是刀客侯七？"

老者点点头说："是侯七怎么样，不是又怎么样？"

"侯七他三年前就被人用金蛇毒杀死了，你怎么能是侯七呢？"捕风刀客冷笑一声。

老者神色木然说:"还不出手,你想束手被杀么?"

捕风刀客眼神一变说:"侯前辈,恕我冒犯,他日再登门求教吧。"说完转身就走。

老者仍端坐不动,双目微启。

突然,数步之外的捕风刀客转身持手中大刀直刺老者,老者纵身跃起,随身团起一股烟尘。待烟尘散尽,老者又端坐于地上,捕风刀客直直地站在他面前。捕风刀客微微一笑说:"你果真是刀客侯七!"说罢倒在地上。众人围上去细看,捕风刀客脖颈上有一道红线,有血正从那里渗出。有人喊:"刀客侯七回来了!"待众人回头寻看时,老者早没了踪影。

三盟首胡喜春匆匆去见大盟首范希功说:"捕风刀客被人杀了,侯集镇的人盛传杀他的老者就是刀客侯七。""他长得什么样?手中使用什么兵器?""很瘦,左眼眉上有一红痣,痣上有两根长长的黄须,似乎没人见到他用什么兵器。"

"出手神速,无刃杀人,红痣黄须,定是刀客侯七了!"大盟首范希功点点头说。

第一刀客

秋风萧瑟，荒草萋萋。一位白发苍苍的老者从远处摇摇晃晃走来，忽然一头栽到地上。山坡上手持羊鞭的牧羊少年急忙跑过去，搂着老者的双肩大声呼喊。半晌，老者睁开眼看到少年："谢谢你救我一名命，你叫什么名字？"少年说："我叫邢天，在这里放羊。"老者喘着气说："我身染重病，先给我一口水喝行吗？"少年说："你稍等，我马上去取。"少年跑了很远的路，终于取来一壶泉水。老者一口气喝干，脸上有了血色。老者问少年："听说过'天下第一刀客'吗？他曾是江湖中刀法最好的，一把追风刀打遍天下无对手。后来他老了，想退隐江湖，可是许多年轻的刀客却要杀他，因为谁杀死他，谁就会借此成名，成为新的'天下第一刀客'。"少年摇摇头，他看上去更关心老者的身体："老伯，你身体很弱，不会很快离开这里吧？""不，我要在此等一个人！"老者目视远方，少顷，他猛然想起什么又问少年："能不能帮我买一只活鸡来，我肚子饿了。"

中午时分，从南方走来一个年轻人，英俊而强悍。"终于找到你了！"年轻人和老者对面而立。"你是楚雄吧？江湖上传说你是年轻一代刀客中最优秀的。""但我不是'天下第一刀客'，只有杀了你，我才是。"年轻人从背后抽出一把精美绝伦的刀。

"不，他快要病死了！你不能这时候和他比武。"牧羊少年大喊。

"走开，放羊娃！"年轻人冲牧羊少年怒吼，转过脸面向老者："今天，我们俩只能有一人活下去。""孩子，记住你今天看到的一切！"老者对牧羊少年说完，向腰间一摸，再看手上，已多了把明晃晃的刀。阳光下一片刀影，如冬天纷飞的雪片。清脆的兵器碰撞声，在山谷回荡。地上一丛丛枯草被齐齐削起，飞升丈余，周转回旋久而不落。忽然，一个身影倒下了。

牧羊少年看到年轻人挺身立在那里，手中握着滴血的精美的刀。老者半蹲着，一只手捂着腹部，有血从他的指缝涌出。"我输了，能不能饶我一条老命？"老者声音凄凉，喉咙里仿佛布满血丝。"想不到'天下第一刀客'也会求饶？！"年轻人鼻孔里一声冷笑。"第一刀客的名分归你了，还有这把追风刀，只求你能放我一条生路。"老者乞求，双手恭恭敬敬地捧起那把闪着寒光的追风刀。

"哈哈哈哈……我是真正的'天下第一刀客'了……"年轻人仰天大笑，仰天大笑的他目光离开了老者，却把自己的脖项毫不设防地呈现在老者的面前。

年轻人的声音突然凝固，如畅通的水管突然被裁断。他的脖项下扎进一朵梅花刺，很深很深，露在外面的一点在阳光下闪着冰冷的光。牧羊少年分明看到：年轻人哈哈大笑的瞬间，从老者嘴里射出一道冷光，眨眼停在年轻人的脖项中央。

"出其不意，攻其不备，江湖险恶，口蜜腹剑，为防身不得不如此，实非吾本意！娃娃，生活中千万不可如此，不过一定要小心这种口是心非的人，因为当你洋洋得意，认为稳操胜券之时，也就是你最容易失败的时候！"老者说完从地上站起来，自怀中扯出一个皮袋子，原来那里面事先充了鸡血。老者走到少年面前说："孩子，把你的手伸出来！"牧羊少年略一迟疑，还是伸出了手。老者把追风刀交给少年说："这把刀送给你做个纪念，从今以后，江湖中再没有'天下第一刀客'了！"

"不，'天下第一刀客'不会没有，只不过不再是你了！"牧羊少年话音未落，举刀直奔老者面门劈来，老者轻轻一闪，抬胳膊去架，刀砍在胳膊上,"叮当"一声,火星四射。少年大惊,莫非老者练就了铜头铁臂么?在少年一愣神的刹那,老者已伸右手点了他的穴道。少年两臂一麻,追风刀脱离开双手,老者探身接住,复缠于腰间。老者扯下右臂衣袖,原来其右臂裹一铜甲。老者说:"还有一条告诉你,做第一刀客要明察秋毫,做到知己知彼。我第一眼看到你,就知道你并没放过羊,因为你拿羊鞭的方法不对。刚才我还看过你的手掌,你掌心生合纹处有厚茧,说明是长期习武练兵器所致。少年英雄,后生可畏,如果我没猜测错,你就是南阳小有名气的少侠邢飞天,你心地不坏,所以希望你不要为名利所诱,脚踏实地,走一条真正的侠义刀客之路,否则悔之晚矣!"

老者说完,转身离去,背影还是摇摇晃晃,他真的又病又老了……

远方的美丽

到洛阳不久，收到父亲转来的一封信。信是寄给我的，信封下面的地址却十分陌生。疑惑地取出信瓤，看罢才明白，这是我高中时发表在一本杂志上的一首诗的缘故。她看了那首诗，就写了这封信，谈她的感想和几个问题。

我认真回答了她的问题，对她的感想表示有同感。最后解释说，我已由伏牛山转到洛阳读书，她寄的是我读中学时文学社的地址。那天，我的心情大好，这是我平生收到的第一封读者来信，而且我真的有些喜欢她的字迹，清新、俊秀、隽永，若流水行云。我把回信投入绿色邮筒后，便盼着她的第二封来信。

不过半月，我收到她的回音。信中说接到我回信的瞬间，她激动得心怦怦直跳，一直担心我不会收到她的信，因为那本杂志并没把我的地址写得很清楚。又说她是个爱幻想、喜爱浪漫的女孩，冒昧地给我写信，是想结交一位远方未曾谋面的朋友。信的末尾她写道：愿我们能经常书信联系，成为知心朋友，你不会拒绝吧？

我当然不会拒绝，她所写的正是我所希望的。我立即给她回信。就这样我们开始了书信联系。

从通信中我得知，她十七岁，在一所护士学校读书，她很爱护士工作，家里还有爸爸妈妈和一个顽皮可爱的弟弟。我性格内向、不善言谈，平日很少和女孩接触，更谈不上倾心交流。和她书信联系，由于距离原因，我不感到惶恐和拘谨。相反内心有一种从未体验过的幸福。每去一封信都是洋洋洒洒，下笔千言，意犹未尽。她的来信更加美妙，字字珠玉，流淌着少女的心灵之韵，又仿佛一首纯真女孩的抒情诗。我想象远方的她，一位未来的白衣天使，那迷人的眼睛甚至能使每个病者忘却伤痛。

随着时间推移，逐渐相互了解，不知不觉中已达到无所不谈的程度。谈生活，谈理想，谈周围的人和事，更多的是谈文学。我无意中透露想得到一本徐志摩诗集，她很快就给我寄来一本。她喜欢席慕蓉的诗，我把席氏的代表作一首首抄给她，有时我也把自己写的诗寄去。汪国真的诗在全国引起轰动，她一次就寄来了《年轻的风》、《年轻的潮》、《汪国真抒情诗精选》。

虽然相隔千里，却彼此时刻感觉到对方的存在，并心系对方的冷暖。她提醒我注意饮食，告诫我不要在男生中逞强喝酒吸烟，给我介绍日常生活中有关医学知识，比如怎样预防流行感冒等。我嘱咐她晚上不要单独远行，和其他女孩搞好关系。感情的日益加深，使我忍不住提出想利用五四假期去看她。她断然拒绝，说那样不好。经过我再三要求，她答应寄给我一张照片。

没多久，我就收到一张照片。她穿着素洁的连衣裙，亭亭玉立在西子湖畔，手里捧着一束鲜花，天真秀气的脸露着甜蜜的微笑。不得不承认，她比我想象的还美丽。当然，我得回赠一张。为了得到满意的照片，我请一位爱好摄影的朋友到洛阳王城公园忙活半天。照片寄出后，我有些后悔，浪漫的女孩想象力都很丰富，我担心自己万一不如她想象的那样，岂不伤害了一颗美好的心？这种担心不久就被证明是多余的。她来信说，很高兴看到照片上的我，有似曾相识之感。也许这就是缘分！读完信，我放心地长长舒了一口气。

在近两年的通信中，我感到生活的充实与快乐。爱的力量促进了我的文学创作，我的抒情诗《远方的美丽》荣获全国诗歌大赛一等奖。报社的记者慕名采访，我有什么好说的呢，一个成功的男人背后一定有个非凡的女人。我不是一个十足的成功者,但敢肯定我的她是个不平凡的女孩。还有一年就毕业了,我们相约在毕业后第一个星期日见面,更大的幸福在等着我们。

天有不测风云,突然的灾难使我隐入不能自拔的痛苦中。有一周时间未收到她的信,我惶惶然安慰自己说可能她功课太忙。又一周过去,还没有她的音讯,我不安起来。两年中我们的书信来往从未如此间断,尤其是她,有闲暇便给我写信,甚至一天我可以收到她两封信,可是现在……我的生活中已经不能没有她,一刻也不能!

春夏之交,中国遭遇百年不遇的大洪水,有十八省区受灾。一天晚上,收音机中播出她所在地发生洪灾的消息,有四十五人不幸遇难,二十一人下落不明。瞬间我浑身冰凉,脑海一片空白。近半个月未有她音信的原因是否就在于此呢?

我近乎神经质地一封接一封写信,发往她的学校、家里,还有她的朋友住处,希望能得到她的一丝丝消息,然而都石沉大海。我从幸福的天堂一步跌入地狱。曾经有过的关于未来的种种美好设想,像肥皂泡般破灭了。

在痛苦和迷茫中沉浮足足一个多月,精神的打击使我身体羸弱不堪,我甚至怀疑自己不能活多久了。忽然有一天,我收到一封信,那清秀隽永的字体立即使我认出是她所写。我又惊又喜,拿着信吻了又吻,泪水不知何时流到腮边。信中她详细说明了原因,是一队士兵把她从洪水中救了出来……

拿着沉甸甸的来信,我的心中充满感激。生活重新向我敞开了幸福的大门!

惊天大假

"这世界上假的太多，假烟、假酒、假农药、假种子、假化肥、假币……"打假先锋、地球上打假的重量级人物孔先知下班回家，一身疲惫地对夫人说。

夫人也随口附和："是啊，假大夫、假警察、假身份证、假学历证、假结婚证，更新鲜的是连整个人也似乎可以造假了。"

"你说的那是克隆技术，克隆羊、克隆牛、克隆人。"孔先知给夫人解释，忽然他看住漂亮迷人的夫人说："这世界上没有不能造的假，你会不会也是假的呢？"

"这、这怎么可能呢，我们都是多少年的夫妻了，我的一切你都清楚，谁还能把我做得出假来？"夫人神色有些莫名的恐慌，但孔先知却并没注意，他正对自己这个新奇的想法兴趣十足。

"这样吧，"他说，"我出几个题考一考你，如果你没有答对，那我可要好好检查一下你是不是真的了！"孔先知说着，脸上露出一丝不怀好意的笑，他是想借此和夫人开一个玩笑。"第一个问题，你说我俩是何年何月在何处有的第一次接吻？"

夫人皱着眉想了半天也没说出来，她自嘲道："谁有那份闲心记着这种事呢！"

孔先知闭着眼想了想又问："第一个问题没答对，扣三十分。第二个问题，请问咱俩是何年何月在何处由谁做主婚人主持结的婚？我俩进入洞房后共同做的第一件事是什么？"

夫人张口半晌无言以对，她抚着太阳穴说："瞧我这两天正犯头痛病，把什么都忘记了！"

孔先知心中有些怀疑了，他怎么也想不到，夫人连他们结婚大喜的日子都不能回答上来，难道事实真的让他不幸言中？如果真的如此，天啊，他不敢想不去，故作轻松地说："第二个问题没有回答出来，再扣三十分。夫人，我再问你最后一个问题，咱们的儿子是何年何月何时在何地出生的？儿子的生日是母亲的受难日，这个你总不会也不记得了吧？！"

"我、我不知道！"夫人无奈地回答。

这时手机响了，孔先知把手机放在耳旁。

"你好，大名鼎鼎的打假猛将孔先知先生，我是宇宙制假公司总裁庄周博士，刚才在你家发生的一幕，我通过1011号，对不起，也就是现在正站在你面前的那位夫人发回的信息都看到了。这件事我不怪1011号，因为我们采用的智能电脑采购自另一家制假公司——银河系制假公司，它不幸正好在你考问1011号时发生了一点小小故障，结果使1011号的大脑几乎处于瘫痪状态。我不得不在此时向你摊牌。"

"庄周，你说的是什么意思？"孔先知拿手机的手在轻轻地发抖。

"也许你不愿承认这个事实，但它的确已经在你身上发生了。你在打假方面取得举世公认的巨大成绩，但却给我们制假行业造成不可估量的损失。为此我们投入大量人力物力，三年前终于研制成功1011号和1012号产品。对不起，1012号就是你现在的儿子。实话告诉你吧，你如今居住的房子所用的家用电器等全部是我们制假公司的产品，与你共同生活两年的夫人、儿子也是我们的杰作，至于你的真正夫人和儿子，他们早已被移送到另一个地球。从这么长时间试用情况看，1011号和1012号表现还比较不错，完全可以在人类中推广使用，如果不是由于银河系制假公司的产品出现质量问题，我们的计划还会进一步深入，但现在我们不得不终止它。为此，这对我们造成的巨额损失，我们会向银河系制假公司提出索赔的。"

"庄周，你胡说八道，你们对我的夫人和儿子都做了些什么？"孔先知焦急地问。

"啊，这个你大可放心，他们在另一个地球，与另一个你(那也是我们公司的产品)生活得很愉快。孔先生，你已知道真相，现在已不适合在这个地球上生活，我将派宇宙保安人员负责把你移送到另一个地球。你的夫人和孩子在那里等你。当然，我们会制造一个和你一模一样的打假猛将代替你，唯一不同的是，他会为我们工作。我们很快就会控制这个地球，哈哈……"

"你这个无耻的流氓！"孔先知骂。

"骂人是不文明的行为。我工作很忙，你如果还有什么事不懂可以问1011号。再见，打假英雄。"那边电话挂断了。

孔先知望着眼前的夫人，夫人耸耸肩说："我很抱歉，一直瞒着你，这是我们公司的规定，我们俩必须遵守。1012号也就是你的儿子，他和我一样是造假公司的产品，现在我们就要分别了，我想真心谢谢你，你是一个不错的男人。"

这时，门铃响起。

"他们来了！"夫人说，"祝你在另一个地球和你真正的家人过得好。我很羡慕你夫人拥有你这样一个好男人。夫妻一场我还想告诉你一个秘密，你将要去的那个地球也是假的，它是银河系造假公司的产品，但愿它不会出什么意外故障！再见，亲爱的。"

狼　变

桂子和老狼相遇在金黄的一望无垠的麦田。

桂子给在地里割麦的爹娘送完饭，一边啃手中的馒头一边雀跃着往回走。老狼突然间出现在她面前，它安静地坐着，前腿直立，支撑着脑袋和双肩。桂子一步步走近，伸手摸了摸它的额头，它竟侧过嘴伸出舌头舔一舔桂子的小手，桂子把一块馒头塞进它的嘴里。桂子走几步，回头，老狼还伫立在那里。桂子招招手，同时丢一块馒头在地上。老狼迟疑片刻，跟过来，很准确地叼起那馒头咽下去。桂子很高兴，又走几步，又丢下一块，它果真跟上来了。桂子暗喜，她真的开始喜欢这个动物并决心把它引诱到家里养起来。

村口有一帮人，有的捧着碗大口大口吃凉面条，有的一边喝凉水，一边大声讲着粗鲁的笑话。桂子从金黄色的麦田里钻出来，有人看到了，但没有人更多注意这个瘦小的小姑娘。紧接着，老狼出现了，立即引起村口人们一片惊慌。

"狼，快看狼！"首先一人大呼。人们呼啦散开，很快拿着棍子、铁锹、砖头奔出来，让过桂子，逼向老狼。老狼收住脚，眼中闪过一丝失落，转身遁进麦田深处。桂子伤心地抽泣说："你们赔我的大狼狗！"

爷爷正在擦猎枪，他是有名的猎人，更是方圆百里闻名的赤脚医生。桂子抹着眼泪把经过告诉爷爷。"娃儿别哭，爷爷信你，不是狼，是大狼狗！"爷爷安慰她。

次日，桂子在同一个地方，又遇见老狼。桂子欢快地冲老狼招招手。她走几步扔一块馒头，老狼便一步步跟过来。来到麦田地边，老狼止往脚步，任桂子怎样招呼，它都不走，只是那目光里充满了慈祥和忧郁。桂子说："你等着，我去叫爷爷。"

爷爷来时，已不见了老狼，只有一眼望不到边的麦浪，一波一波地滚来滚去。"它是一匹好狼狗哩！"桂子说。爷爷望着麦田若有所思说："娃啊，爷爷知道它是！"桂子不晓得，敏感的猎人已经发现藏身于麦田中正在偷窥的老狼。

第三天，同一个地方，桂子又见到老狼。让桂子吃惊的是，老狼的一条前腿鲜血淋淋。"你受伤了！谁把你伤成这样的？"桂子心疼得差点儿掉泪，她摩挲着老狼的脖子说："跟我走吧，回家让爷爷给你治伤。"这次老狼跟着她走出了麦田。爷爷正站在村口，背个小包，手里提着一杆锃亮的猎枪。"它受伤了！"桂子说。爷爷放下猎枪，蹲下身子，仔细审看那个伤处，然后从背包中取出一包紫色药粉，给它敷上，又用蓝布包扎好。老狼侧过头舔一舔桂子小手，转身消失在麦浪中。

"桂娃儿，它不是狗，是一匹母狼！"爷爷说。"它真的是一匹狼吗？可是它看上去一点儿也不凶！"桂子说。"这是一只有心事的老母狼，它腿上的伤不是别人打的，而是它自己用牙咬伤的！"爷爷一边说，一边皱着眉思索。"它为什么要咬伤自己呢？"桂子大感不解。

两人往村里走十几米，爷爷停下来说："桂娃儿，咱们现在可以拐回去看个究竟了。"桂子问："为什么刚才不跟在它后面呢？"爷爷说："那样它很快就会发现我们，它就不会去它真正要去的地方了。"桂子随着爷爷走出村，钻进麦田中，两人东钻西钻有近半个小时，来到一个山坡上，爷爷屏住呼吸，指着前方说："桂娃儿，你瞧！"

桂子睁大眼，她几乎不相信自己看到的一切。老狼在一个小山窝里，它身边还有一只狼崽儿，一条前腿没了，血已结成块儿，糊在胸腹处。老狼正在用尖锐的牙齿把那刚包扎过的腿布拆开，用舌头舔那腿上的紫色药粉,然后一口口涂在狼崽儿胸腹处。

爷爷说:"我明白了,为给小狼崽治伤,这条母狼费尽心机,它先和你亲近,然后把自己的腿咬伤,好从我们这里搞到治伤的药,再回来给它的崽儿医治。"

"它是一匹善良的好狼妈妈!为了孩子,不惜伤害自己。"桂子说。

爷爷已经端起枪,瞄准。爷爷枪法很准,他很少放空过。

"不,你别打它!"桂子大声阻止。

老狼闻声抬头望来,眼含凶光。当它看到站在那里的桂子,目光又慈祥下来,低下头,叼起自己的狼崽,缓缓走向田野深处。

爷爷的枪没有响,爷孙俩看着老狼和小狼崽一步步走远,消失在山坳那边去了。

陪酒大师

南阳城南有一个镇平县,镇平县有一个老君庙乡。

乡长吴文胜这天正在老君庙餐馆吃饭,从外面闯进一个小伙子,他要了两个菜,一瓶62度二锅头。小伙子一碟菜未吃完,那瓶酒早见了底。乡长暗称小伙子好酒量。小伙子又要了一瓶,第二盘菜上来刚吃一半,那瓶酒又没了。乡长不由暗暗称奇,这小伙子真是酒中英雄。有菜没酒,小伙子就喊老板再来一瓶。这老板虽说是个生意人,但心肠特好,他看小伙子没一顿饭工夫,喝进去两斤高度二锅头,担心出事,就不卖给他酒了。小伙子正喝到痛快的地方,一听老板不卖他酒,当然不愿意,两人三说两说就吵起来。吴文胜走过去把老板拉到一旁说了几句,老板一听这是乡长,便不再说什么了。吴文胜借机和小伙子搭上话。

原来这小伙子叫赵南城,是老君庙乡大赵营村人,父母都是农民,结婚晚又好多年怀不上孩子,病急乱投医,娘不知听了哪个巫医的话,半夜三更,抱着只老公鸡,拎着一瓶二锅头跑到南阳城南老君庙里朝太上老君磕了三百个响头,取出公鸡卵生生吃了,又拿剪刀剪开鸡喉咙,混着瓶二锅头喝了大半鸡血。又过一年,生下赵南城。这赵南城天生爱喝酒,小时候哇哇哭,谁也哄不停,爹无意中拿杯白酒在他鼻前晃一晃,他当即就不哭了……后来随着年龄长大,他的酒量也在大赵营渐渐出了名。这一天他到乡里办完事,拐进这家饭店吃饭,要了些酒喝。

乡长吴文胜听罢,一拍手说:我身边就缺你这样的人才,小伙子,跟着我走吧!赵南城一步登天,由一介农民,摇身一变成了乡里办公室人员,主要工作就是陪客人喝酒,县里、省里来人,都由赵南城作陪,保证奉陪到底,让人家吃好喝好。不知何时赵南城就落下一个"陪酒大师"的雅号,渐渐传扬开去,在老君庙乡无人不知无人不晓。

这年县里下来考察乡级干部,县人事局马局长也是个爱喝酒的主儿,这底细早被乡长吴文胜探听到了。老马一来,便被乡长请到乡里档次最高的圣帝宾馆,陪酒员不是别人,当然是陪酒大师赵南城。马局长耳闻过赵南城的酒名,酒过三巡,菜过五味,马局长就来了兴致,提出要和赵南城比比酒量。众人拍手称好,赵南城见气氛活跃,求之不得。为助酒兴,赵南城还立下规定,不许上厕所,马局长爽快答应。两人对坐拼酒,众人观战助威。能喝酒的人都有他排泄酒的渠道,有的人一喝酒就出汗,通身是汗,把衣服都湿透了,这是通过出汗往外排泄呢!有的人一喝酒就上厕所,这是通过撒尿往外排酒呢!还有一种人,他排酒的渠道是通过腋窝。只见赵南城往腋窝夹了一个毛巾,过1小时,他取出一拧,哗哗地往下流,旁边有只猫过来接着喝了,片刻,又蹦又跳又叫,猫也醉了,看得众人哈哈大笑。那马局长是尿排,最后只好认输,起身去了厕所。马局长酒虽输了,但很高兴,说:我喝遍了南阳东西南北,今天可算是遇到一个真正的对手。马局长对赵南城印象很深,回去向上面汇报,说赵南城是个难得的人才,县里要发展,要招商引资,不能没有这样的人才。不久,赵南城被提拔到县里做了招商引资办副主任。

赵南城上任之后,的确有了用武之地,天天中午围着酒杯转,晚上围着裙子转,三五年过去,也为县里的发展,尤其在招商引资这方面出了力,做了不小的贡献。又过两年,赵南城已经是县招商局局长了。

到了1999年春,国家加强小城镇建设,又吸引来一批投资商。最大一个客户是来自日本的冬江枝子,她代表日本一家大企业来中国考察,最后决定在镇平县和太康县选取一个地方做厂址,投资3个亿办厂。对一个县来说3个亿可不是小数目,它对带动一方经济有不可忽视的作用。冬江枝子考察完太康县后，来到镇平县。吴副县长，就是原来的吴文胜乡长，亲自挂帅，研究对策，要不惜一切代价让日方选择在镇平县投资。当然在吃饭陪酒这一关键问题上就由赵南城担当主要角色。赵南城信心百倍，立下军令状，保证让日本客商冬江枝子女士吃好喝好玩好，这是赵南城多年来练就的强项。

当晚在天皇大酒店副县长吴文胜设宴款待冬江枝子女士，酒宴之上赵南城施展开自己多年练就的本事，将各种饮酒的节目表演一番，直把冬江枝子看得目瞪口呆，连说你们喝酒太厉害了。当晚气氛热烈，空前绝后，事毕吴文胜和赵南城都觉得达到了预期目的。但一个月后却传来消息，日方选择了太康县。为什么呢？冬江枝子的丈夫原来也是家产上亿元的富户，就是因他嗜酒如命，整天醉得晕头转向，把上亿的家产给败没了，冬江枝子因此对喝酒的人颇有看法，她在向上司汇报时说到镇平县，认为此地人太贪杯，若投资到这里，很有被他们吃光喝光的可能。这话对上司最终下决心起了决定作用，所以日方最终选择了太康县。

新来的县长知道原因后，大为恼火，不仅狠狠批评了吴文胜副县长一通，还要查赵南城的问题。不查还好，一查，县长方才知道这赵南城是如何走上仕途的。于是，县长下令，给县人事局马局长连降三级，撤销赵南城招商局局长职务，削职为民。关于吴文胜副县长，县长也向上级打报告，请求给他处分。赵南城又回到老家，成了一个平头百姓，陪酒大师的这件事也成了当地民间一个笑话。

赵南城回老家后，好像变了一个人，终日不言不语，抱一个酒葫芦在大赵营村村东的老枣树下独饮。奇怪的是，他从早喝到晚，却从没人见他醉过。一年后，赵南城死于胃癌，有人拿来他的酒葫芦细看，还有半葫芦酒呢，却闻不到一点酒味，胆大的张口一喝，哪里是酒，原来赵南城喝的全是水！

棋　王

　　南阳人欧阳玉春，七岁随父学棋，十三岁时与南阳围棋前辈号称黑白无敌的方丙建对弈，竟以一目半胜之。方丙建叹道：此子将来必为棋界之王。于是，欧阳玉春便得了个棋王的绰号。欧阳玉春天资聪明，五经四书俱通，周易八卦也深得其理，二十四岁进京，金榜得中，两年后，被委派回南阳做父母官。

　　二龙山当家寨主聂鹏儒，身材修长，面容清秀，言谈举止，颇似一个书生。聂鹏儒有一双纤手，瘦若竹枝，白皙如玉，其常告人曰：我这双手有两大用处，一是下棋，二是杀人。聂鹏儒嗜棋，每每劫持人来，必先和他下棋。不会者，杀；会而不赢者，痛打一顿，财物留下，人轰出山门。若能赢聂者，则敲锣打鼓，赠银赠物，视为棋友知己。数年间，尚无能赢聂者。官府多次派兵围剿，皆大败而归。几任官员，均因此负罪罢职。

　　欧阳玉春初到任上，闻听聂鹏儒之事，遂决意除之。他乔装打扮，独自来到二龙山。不分青红皂白，将他捆绑至聂鹏儒面前。欧阳玉春朗声道：棋王在此，为何如此无礼？

　　聂鹏儒闻听喝令松绑，问：你是谁？干何营生？

　　欧阳玉春答：本做盐生意，然平生最爱棋，有个小小绰号——棋王。今路过贵地，闻聂王棋艺，特来一会。

　　聂鹏儒大笑：你是棋王？那我是什么？我们何不分出个真假棋王来？

欧阳玉春说：你我三局两胜，如何？

聂鹏儒冷冷一笑：口气不小，我倒要见识见识。当厅摆开棋局，两人从中午战至黄昏，欧阳玉春以一目之强，小胜聂鹏儒。

次日，欧阳玉春如约复来，弈战从早晨到中午又到月上高天，方有结果，聂鹏儒以微弱优势小胜欧阳玉春。聂鹏儒十分高兴，大摆盛宴，款待欧阳玉春，欧阳玉春开怀畅饮，神态从容。临别两人相约，三日后再决一胜负。

三日后，欧阳玉春派人来传信，因那日饮酒过度，归途又遇风寒，现染病在床，但又不愿食言，故盼聂鹏儒到其店宅弈战，决出胜负。聂鹏儒当即答应，也不听手下人劝阻，单人独骑打马下山。

欧阳玉春早已铺好桌案等候。两人见面，也不多话，开局酣战。昼去夜至，晨曦重照时，聂鹏儒推盘认输。欧阳玉春挺身站起，厉声说：聂鹏儒，可惜你这双手，棋艺虽佳，却杀人如麻。你不走正道，去做那山寨贼首，杀人抢劫无恶不作，吾如今擒你，还有何话说？

聂鹏儒大吃一惊：你，你不是盐商？

欧阳玉春冷笑一声说：我乃新来此地的郡守。

聂鹏儒哈哈一阵狂笑，声音凄厉：官府捉我，不知费多少军饷，你不费一兵一卒就诱捕了聂某，真是佩服。聂某说过，我这双手有两大用处，一是杀人，一是下棋，今棋艺一决，胜负已分，吾死则心甘矣。言罢步至庭外，横剑自刎。

欧阳玉春派兵围剿二龙山，大获全胜。

猫鼠争霸

鼠是局长家的鼠,猫是老孔家的猫。世界动物协会举行五湖四海动物运动会,老孔家的猫报了拳击比赛,局长家的鼠也报了拳击项目,其他狼、虫、虎、蛇也都有报名参加的。经过激烈角逐,最后进入冠亚军决赛的是局长家的鼠和老孔家的猫。冠亚军争霸赛,通过通信卫星转播,举世瞩目。

狗记者采访局长家的鼠:你有信心打败猫吗?局长家的鼠说:当然,我会把它的门牙打掉三颗,并将在第三个回合将它击出拳台。狗记者采访老孔家的猫,老孔家的猫说:咱走着瞧吧,比赛那天我会用拳头教会它怎样变得有修养的。

各大媒体争相报道猫鼠争霸,读者纷纷掏腰包想了解更多内情。狗记者进行更深一步报道,自然要采访两位参赛者的主人。局长说:比赛本着公正、公平、公开的原则,更高、更强、更快是我们的比赛精神,友谊第一,比赛第二嘛!老孔说:说心里话,我希望我家的猫能赢。狗记者在报上发表署名文章,对局长的言行给予高度评价:局长大人不愧是领导,说话有分寸、有水平。当然,老孔为自己家的猫求胜心切,也可以理解。

决赛的日子就快到了。这天晚上,局长的秘书敲开老孔家的门。局长秘书转达局长的意思,希望老孔做一做他家的猫的思想工作,要不露痕迹地输掉这场比赛,把冠军让给局长家的鼠。为什么?老孔十分不理解。局长秘书说：这个道理你不明白吗？局长是局长，是领导，你老孔是平头百姓一个，局长是讲面子的，你家的猫若赢了局长家的鼠，你让局长今后面子往哪里搁？要考虑领导的公众形象和影响嘛！

我不同意，局长不是对媒体说要让猫与鼠公平竞争吗？他局长要面子，难道我平头百姓老孔就不要面子么？老孔据理力争。

笨瓜，那只是面对公众口头上说一说，做的表面文章，你不想想，实际上能这样做吗？秘书说。

那我也不同意。老孔坚持己见。

你不是有个儿子下岗还没找到工作吗？局长说了，他最近将安排你儿子到世界银行工作，条件就是，你家的猫必须输了这场比赛。秘书扔出最后一张王牌。

事关儿子的前途命运，这张王牌击中了老孔，老孔沉默良久，只好点头。

老孔与自己家的猫商量，猫说：人家请的拳击教练是著名拳王阿里，陪练是出拳凶狠无比的迈克·泰森，我们因为资金紧缺，连个一般陪练都没有请。我们各方面条件都不如他们，在艰苦的条件下，是我靠着顽强的毅力和坚忍不拔的精神才取得今天的成绩，现在到了关键时候，最后一搏，我就可能成为世界动物拳击协会的冠军，马上功成名就了，所以我不能输掉这场比赛，我要让我的拳头实话实说。

老孔一说再说，猫就是不答应。老孔晚上睡不着觉，在"要儿子的工作"还是"要猫的拳王金腰带"这两条路上，思来想去做激烈的思想斗争。最后，老孔一咬牙，做出一个选择。此后数日，老孔为他们家的猫买来了最好的热带鱼，让猫营养充分，同时花巨资请来当今称霸拳坛的拳王刘易斯做陪练。猫对老孔非常感谢说：如果取得冠军，这军功章上有我的一半，也有你的一半。

比赛那天，世界中心电视台进行了卫星实况转播，猫在前五个回合一直占据主动地位，第五个回合将局长家的鼠击倒，局长家的鼠在裁判数到第七秒时才站起来。然而到第六个回合，老孔家的猫肚子突然出问题——

拉稀。一个回合中要去三趟厕所。猫的体力迅速下降，第九个回合，局长家的鼠终于占了上风。虽然猫拼命出拳，但已有心无力，在第十一个回合时，被局长家的鼠击倒六次。猫坚持到第十二回合最后一分钟时，被局长家的鼠以一记凶狠的左钩拳击倒，再没站起来。

　　当天晚上，局长在香格里拉饭店举行庆功宴，祝贺他家的鼠取得世界冠军，世界著名影视明星及体育界知名人士都参加了。而老孔在家中也为猫举行了一次丰盛的晚餐，猫说：真对不起老孔，我本想拿个世界冠军，没想到关键时候拉稀，这是导致我失败的根本原因。老孔握了握猫的手，什么也没说转过身去掉下了眼泪。老孔知道，他下岗的儿子可以去银行工作了，但对猫来讲他却问心有愧，是他在比赛前给猫吃了泻药……

特异功能

公孙一雄遇到那只狗的时候，手里正夹着一根香烟。

狗瞪着眼冲公孙一雄夹着香烟的手大吠：汪汪汪汪。

狗身边的主人——那个瘦老头说：你的烟是假烟。

为什么？公孙一雄问。

瘦老头说：俺这条狗天生能识别假冒伪劣，遇到假货它就会瞪着眼"汪汪汪汪"地叫。

公孙一雄心想：这烟不知谁送的，没想到原来竟是假冒伪劣。现在假冒伪劣太多，偶尔有人送来假东西也难免。公孙一雄一边安慰自己一边平静地把香烟扔了。

这时，狗又冲着公孙一雄的脚大吠：汪汪汪汪。

公孙一雄说：难道这只狗在说我的皮鞋也是假的？

不错。瘦老头认真地点点头。

公孙一雄不相信天下竟还有这样神奇的狗，他记起口袋里有一张100元假钞，掏出来放在狗面前，那狗立即大吠：汪汪汪汪。又掏出一张真钞，那狗只一嗅便摇尾点头，瘦老头说，你这一张肯定是真的。

经此验证，公孙一雄开始相信这只狗有识别假冒伪劣的特异功能了。他想：皮鞋是人家送的礼，那假币也不知是哪个承包商送的。因为送礼人太多，保不准有人以假充真蒙骗我，尤其逢年过节，家中礼物堆得跟小山似的，如何识别真假？公孙一雄便很想得到这只狗了。

瘦老头连连摇头：俺现在离不开它，买酒怕买到假酒，买大米怕买到毒大米，买肉怕买到注水肉……

公孙一雄掏出一大叠百元大钞说：用这些钱换你的狗。瘦老头拿过钱点了点，又放到狗鼻尖处问：真的？假的？狗又点头又摇尾巴，看上去很高兴。瘦老头对公孙一雄说：成交了。

公孙一雄将狗带回家，打开宽大的储物间，里面满满地堆放着各式各样的物品，公孙一雄一个一个让狗辨别，狗时而高兴地摇尾巴点头，时而瞪着眼汪汪汪叫，公孙一雄根据狗的不同情态，将所有物品分成两类，一类正宗产品，一类假冒伪劣。

之后，公孙一雄开车带着狗在城市里转来绕去，最后停在一处神秘的私人豪宅前。公孙一雄掏出钥匙开门，里面有一位丰腴妖艳的女人。亲爱的，瞧我给你带来了什么？公孙一雄抱着那女人亲了又亲说，我要让你见识一只神奇的狗，它能识别各种各样的假冒伪劣。

你是不是也要让它瞧瞧我这个二奶是真是假？娇艳女人一脸不高兴。

亲爱的，你怎么这样想！公孙一雄急忙解释：我带它来只是想让你开开心。

狗围着妖艳女人转了两圈，突然瞪着眼冲她大吠：汪汪汪汪。

公孙一雄怒喝：畜生，休要乱叫，人也能有假？

你一直在怀疑我，是不是？姑奶奶实话告诉你吧，妖艳女人早变了脸说：你的特异功能狗没认错，我的确是假冒伪劣。我原来是单眼皮小眼睛，后来割成了双眼皮，我的鼻子原是塌鼻梁，后来修成了高鼻梁，还有我的乳房，原来又扁又小，经过隆胸手术，现在变得丰满而富有弹性。再明确告诉你，花的那笔巨款也是你贪污来的赃款。

啊！公孙一雄目瞪口呆。

这时候，狗突然转身，冲公孙一雄瞪着眼大吠：汪汪汪汪。

公孙一雄大怒：不识好歹的畜生，难道我也是假的吗？

不错，你是个假冒伪劣的官！随着话音，瘦老头出现在公孙一雄面前：这只狗不会认错。

公孙一雄说：我是领导，是真官！不信你可以调查！

我已经查过你的档案，你的MBA文凭是假文凭，你的所谓美国BMA学院实际上根本就不存在。更重要的是，真正的官清正廉明，以造福天下百姓为己任，而你却贪污受贿，弄虚作假，想尽办法搜刮民脂民膏，你不是假冒伪劣的官是什么？

你，你是什么人？公孙一雄惊问。

我是中国特异功能研究所孔先知博士，这只狗是我刚刚研制成功的具有特异功能的电子狗，任何假冒伪劣都逃不过它的眼睛！其实，它第一眼就认出你是个假冒伪劣的官了。

这时，从门外进来两个身穿警服的执法人员，拿着手铐，举着逮捕令。他们对公孙一雄说：请跟我们走一趟，你可以保持沉默，但你所说的每一句话都将作为呈堂证供……

画车的男生

读中学时，羿很喜欢画车，别人在学习、聊天时，他总在画小轿车。他在教室画，在宿舍画，在图书馆画，在一切能画的地方画。

有时候，菲会悄悄走过去，站在他背后看他画。羿画车时专心致志，浑然忘我。他画车的工具没有别的，一张绘图纸，一把尺子，一只6B型铅笔。画的轿车大小都有，一般一张A4绘图纸，要画一辆或两辆。

"好漂亮的车。"菲忍不住叹。

羿这时才发现菲，抬起头，浓浓的眉毛，深邃的大眼直望着菲，嘴角挂着满足的笑。"喜欢吗？"

"喜欢。"菲真诚，或者是为了让羿高兴。

"喜欢就送你一幅吧。"羿显得很大方，从他画好的一叠车画中抽一幅送给菲，一边嘱咐，"小心，别把纸弄折了。"

羿会用一个晚自习的时间来画一幅画，极认真，容不得半点差错，车的大小、型号、比例，他都掌握得无可挑剔。菲看书之余，会用眼睛的余光看羿，她猜得出，羿一定又在画小轿车了。

有一次，羿画车时，菲又偷偷从后面窥探，一边顽皮地吐着舌头。羿感觉脖子后面热烘烘的，猛然扭头，与菲面对面，很近很近的距离，令羿能清晰地看到菲那清晰的眉眼，甚至嗅得到菲芳菲的呼吸。

羿说："你眼睛里有个东西，我看见了。"

"什么?"菲问。

"小轿车。"

菲笑一笑,脸色潮红:"再送我一辆小轿车吧。"

在一个春风习习的晚上,菲又过来看羿画车。那天,菲刚洗过头,湿漉漉的长发散发着玫瑰香。

羿深深地吸了一口气,忽然说:"我们恋爱吧。"

"真的?"菲问。

"真的!"

"好啊,等你有了一辆车时,我就嫁给你。"

"真的?"

"真的!"

从他们对话的样子,外人能看得出来,他们只是在开玩笑。或许,真的是在开玩笑呢。羿不常开玩笑,但偶尔也会开玩笑,和那些夸他车画得好的女孩们。

后来,大家中学毕业,各自考上不同的大学,各奔东西。

羿大学毕业后回到父母工作的那家工厂,成为一名工人。但羿似乎对分配给自己的工作并不喜欢,业余时间仍继续画车。一年多后,不知什么原因,羿便不上班了。在家呆了几个月,自己弄了一辆拉车,在外面卖烧烤。

羿做的烧烤,并不像他画的小轿车那样精致,味道也很一般,因此,生意就不是太好。

生意不太好,羿就经常一个人坐在那里,偶尔他会掏出钱包,数一数里面可怜的几张钞票。当然,也会看一看夹在钱包里菲的照片。照片上,菲笑得阳光灿烂。

那是在中学毕业前夕,羿向菲要的。

"马上毕业了,留个照片做纪念吧。"

班里的同学都这样相互交换毕业留念照片,没有谁觉得有什么异样。毕竟,大家同学三年,青春中最美好的岁月一起度过。

"好啊，我照了很多照片，给你一张我最漂亮的。"菲半开玩笑地说，"等价交换，把你的照片也给我一张吧。"

"给你一张我最漂亮的。"羿回味着菲的话，苦涩地微笑着，摇了摇头。

羿在卖烧烤中又过了一年。羿看不到希望，更不觉得快乐。于是，烧烤也不卖了。羿又捧起书，这一次，他开始专心致志地读起书来，只是偶尔在又累又困时，才拿起画笔画小轿车，权是在休息。

两年后，羿考上了南方一所大学的研究生。又三年，羿毕业了，被留校任教。

现在，羿有了一辆属于自己的车，很漂亮，和他当年在中学时画的一样。只是，那车里坐着的女子，并不是菲。偶尔，羿会和车里坐着的女子说起："中学时曾有个女孩很漂亮，很喜欢我画的车，她的名字叫菲。"

车里的女子也只是笑一笑，而已。

天上掉下豆腐渣

经过主要领导深入细致的研究，县里决定要在东环城河上建一座大桥。作为该县的形象工程，领导们非常重视，拟批巨款建设。那么，这座形象工程应该由谁来承包呢？有人建议请中建公司，有人建议请省建公司，还有人建议请××承包公司，为了表示"公平、公正、公开、透明"，为更好地保证工程质量，县里决定公开招标。

环球TMD工程建设公司的老板孔先虎很想得到这个工程，他亲自去找建委主任。去不能白去，带了几包烟，烟卷里不是烟丝，是钱。建委主任收了"香烟"说：来了来了，还带什么烟呢。孔先虎说：你看那个工程……建委主任说：你是咱县比较有实力的建筑承包商，由你承包我没啥意见，但这事儿不是我一人说了算的，你还得去问一问主管工程的副县长。谢谢主任指点，孔先虎躬着腰退出建委主任的办公室。

回到家里，女儿问孔先虎：爸爸，您忙什么呢？孔先虎说：我忙着给各路神仙烧香呀！女儿问：为什么要烧香？孔先虎说：只有烧了香才能挣大钱。女儿打破砂锅问到底：挣大钱干什么？孔先虎拿手一撸女儿的小脑袋说：为了将来让你过上好日子！

主管工程的副县长的夫人过生日，孔先虎送来了一块大蛋糕。夫人经验丰富，笑眯眯地收下了，她亲自切开蛋糕，发现里面有一枚蓝宝石钻戒。夫人对副县长说：这个孔先虎，不愧是在社会上混的主儿，多会办事呀。副县长说：他一个小包工头，能有啥本事？夫人一脸不高兴：我不管你如何做，我是把人家的大礼收了。副县长叹口气，次日上班，把孔先虎叫到办公室说：先虎啊，你想着那个形象工程我知道，由你承包我本人也没啥意见，但这事还得县长亲自拍板。孔先虎连连道谢：谢谢副县长指点。

孔先虎低着头走进家门，女儿问：爸爸，为啥一定要这样呢？孔先虎说：舍不得孩子套不着狼，等你长大就懂了。女儿问：我刚才在中央台看了一个报道，"豆腐渣工程"害死人——孔先虎身体一颤，打断女儿的话：小孩子只管好好学习，莫瞎说。

孔先虎找到县长，县长看孔先虎拎着一个厚厚的密码箱，严肃地说：革命不是请客送礼，你这不是挖个坑让我跳吗？关于承建形象工程的事，实话告诉你，有许多人来找，送的礼比你的大多了，但是，我在大会小会上多次表态，要向全国公开招标，在招标过程中要充分体现"公平、公正、公开、透明"的重要原则。你想承包大桥工程不是不可以，那就去参加公开竞标吧。

孔先虎回到家闷闷不乐，坐在沙发上一根接一根抽烟。女儿说：我和县长女儿同在少年舞蹈队学习，她说她爸爸有个爱好——收集名人字画。孔先虎眼睛一亮，摁灭了香烟说：乖女儿，你这回帮大忙了。

孔先虎再见到县长时，手里就多了一幅字画。孔先虎说：县长，听说您是字画方面的行家，你帮我看看这画是不是赝品？县长笑眯眯说：呀哈，你也对字画有兴趣？县长一边说一边迫不及待地接过画，打开一看，脸上的笑当即就僵住了。县长问：这画你从哪里弄来的？这，这可是空前绝后的无价之宝啊！孔先虎说：县长你喜欢就拿去吧，英雄配美人，名画赠知音嘛。

女儿后来问孔先虎：爸，那幅画花了您多少钱？孔先虎说：羊毛出在羊身上，您老爸从来不做亏本生意！

按有关规定，招标过程"公平、公正、公开、透明"地如期进行，最后中标者是——环球TMD工程建设公司孔先虎……大桥建成那天，要在新建的形象工程上举行通车典礼。县长、副县长、建委主任西装革履地赶来。为示庆贺，有关单位还邀请少年舞蹈队前来跳舞助兴，孔先虎和县长的女儿也在其中。

天气晴朗，彩旗飘飘。通车典礼由主管工程的副县长主持，县长剪彩，建委主任等在一旁带头热烈鼓掌。孔先虎和许多观众一样，站在桥的两头观看。孔先虎不看县长们剪彩，只看女儿在桥上一扭一扭地跳舞。女儿是孔先虎的掌上明珠，他很骄傲自己有这么个聪明可爱的女儿。

突然，一声巨响，孔先虎以为晴空打雷，抬头看天，天空万里无云，平静如镜。究竟是哪里发出这么一声巨响呢？孔先虎低下头，忽然发现：眼前的桥没了，建委主任、副县长、县长都消失了，他的宝贝女儿也没了，县长的女儿也没有了，桥上所有的人都没了，只有奔腾、浑浊的河水咆哮着翻卷而去。

一股热血从孔先虎足底升起，嗖地穿过双腿、穿过心脏，在大脑里炸开。孔先虎突然发现一切都变了：塌桥残处，裸着一叠叠的钱币，河水血红……天空中是什么在不停地坠落，白白的，一团一团的，砸在头上，一点也不疼。孔先虎在头上摸了一把，拿在手里细看……

天啊，天上掉下豆腐渣了！

皋鱼泪

嘉明突然打电话来说：一起喝点酒吧。我说：好。

嘉明很忙。自从四年前辞去公职，自己开办公司以来，无论白天黑夜与他通电话，他总是忙，贼忙——像贼那样忙。我想象得到他有多忙。

我们在第五大道雕刻时光酒吧会面。许久不见，嘉明依然清瘦。两个人喝酒，没有多少话，碰一杯，干了，吃几口菜，再碰杯，干杯。

一瓶酒很快就下去了。嘉明说：讲个事儿给你——

我有个大学同桌，小时候家里穷，父亲得了心脏病，需要安心脏支架，因为没有钱，就眼睁睁地看着他死了。母亲艰难地把兄弟三人拉扯大。他大学毕业后来到北京，先是给人家打工，后来自己开公司。生意前几年很惨淡，几乎要破产了，他几次想从国贸桥跳下去一死了之。再后来经过努力，生意渐渐才好起来。他总是说，要把母亲接过来享福。可是母亲要照顾弟弟的孩子，又担心不适应北方大城市生活，不肯来。他因为生意忙，一直没时间回去看母亲，甚至过年过节也不能回去。他当然心中有愧，就总是安慰自己，等哪一天不忙了，一定回去看妈妈。可是有一天，他突然接到弟弟电话，妈妈因脑溢血去世。那一刻他差点晕过去。他千不该万不该借口忙而不回去看母亲。他抽自己耳光，扯自己头发，后悔得要死。

子欲养而亲不待，是人生最大的失败。嘉明说完，把杯中的酒全倒进嘴里，说：服务员，再拿一瓶。

我说：再喝就醉了。

嘉明说：没事儿。我看到嘉明眼圈是红的，眼睛上布满血丝。问：嘉明，有事说出来吧，或许我可以帮你。

你帮不了我。嘉明摇头：我从那位大学同桌身上得到警示，趁老人还在要常回家看看，陪老人家聊聊天，哪怕什么都不说，就在老人身边坐坐也好。我是这么想的，可是你知道，我公司的事情太多，一直抽不开身。

我当然知道嘉明忙，贼忙。再抬头看嘉明时，突然发现他眼中满是泪花，两道凶险的光一闪而逝。我心中一颤，以为有什么可怕的事要发生——

嘉明忽地抬手，左右开弓，狠狠抽了自己两个耳光。我一把抓住他的腕：嘉明，别这样，大家都在看你！

我就是要让所有人都看看！嘉明突然站起来，走到酒吧中央，声嘶力竭地说：你们有谁听说过皋鱼的名字？现在谁能告诉我皋鱼的故事，我就给他十万元。嘉明手中高举着一张银行卡。那卡他经常带在身上，里面至少有十几万元。

嘉明小时候家里穷，母亲得了肺病，因为没有钱就只能眼睁睁地看着她死去。父亲艰难地把兄弟俩拉扯大。他大学毕业后来到北京，四年前辞职自己开公司。他总是说，要把父亲接来享福，可是父亲要照顾弟弟的孩子，又担心不适应北方大城市生活，不肯来。而他因为生意忙，一直没时间回去看父亲。他当然心中有愧，就总是安慰自己，等哪一天不忙了，一定回去。一周前，他突然接到弟弟电话——父亲走了。

如果你们的父母不在身边，无论有多远，无论你有多忙，一定要回家看他们，不要像我错过了就再没有机会！许多顾客都诧异地看着嘉明像狼一般叫喊。有几个人悄悄转过身抹眼角。我眼中的灯光也变得朦胧起来。

树欲静而风不止，子欲养而亲不待。嘉明踉跄着回到座位，像个孩子伤心地大哭，喃喃自语：为什么总要等到事情在自己身上发生了，才知道后悔？

我握着嘉明的手：兄弟，别难过……我谢谢你。

我立即给远方老家打电话，电话响了很久，却没有人接。一种不祥的预感从心底升起，平时总是一打电话，那边就有父亲或母亲接听。今天怎么了？隔二十分钟，再打，仍没人接。又给弟弟打电话，依然没人接。不安像一条毒蛇，一口咬中我的心。

树欲静而风不止，子欲养而亲不待。皋鱼凄凉的哀叹蓦然在耳边响起，嘉明痛不欲生的悔恨在脑海闪现。我不敢往下想，发疯般奔向机场。

当我风尘仆仆出现在熟悉而陌生的老家门口，当看到平安健康的父亲和母亲，我的眼泪忍不住哗地流下来。

游子吟

爸爸，早点回来。六岁的女儿小大人似的说。

稚嫩的声音却像一把利剑，刺得他心一颤。他俯身在女儿小脸上轻轻吻一口：好，爸爸知道了。

他离开家，是去会一个女人。女人不是他妻子，比妻子年轻漂亮，也更有韵致。约会最先是女人提出来的，他有些犹豫，还是答应了。男人有时候很难拒绝有风情的女人。

这是第九次与女人约会。大约——从每六次开始，每次赴约前，他都能听到女儿那句话！这一次，他有些心不在焉，脑海总闪现女儿天真无邪的脸，耳边总回响那句稚嫩的话：爸爸，早点回来。

他感觉自己是在——偷情。作为父亲，尤其是一个可爱女孩的父亲，是不该偷情的。女人发现了他的心不在焉，问：有事？他沉吟，最终还是忍不住说：出门时候，女儿嘱托我，爸爸，早点回家。

女人眼圈一红，低下头。过了很久，女人下了决心：回去吧，别让你的女儿等太久。

回到家，女儿躺在床上，似乎已经睡着了。妻子坐在女儿的床头，专注地缝一条小裙子。他忽然一愣，眼前的一幕似曾相识，不经意地问：今天几号？

女儿忽然睁开眼：过两天就是母亲节。

你怎么知道？他有些惊诧，抱起女儿在她的额前又吻了一口。

女儿忽闪着大眼：妈妈，刚才妈妈说的。

他回头看妻子，妻子平静地回望他一眼，胳膊忽然一颤，针正扎在指头上，妻子把纤纤食指伸进嘴里，轻轻地吮。

母亲节前夕，他去商场准备买一件衣服。标价1800元的衣服，讲不下来价。女服务员眉飞色舞，巧舌如簧：留住青春留住爱，给你爱人买最合适了。

他说：不是爱人，是我妈妈。明天母亲节。

女服务员微微一愣，沉吟片刻说：这衣服进价800元，加上分摊的各项成本费，图个吉祥，880元卖给你了。

他有些吃惊：刚才讲半天价，你一分不降，现在——不会是发现哪里有毛病，才肯降价处理给我？

女服务员淡淡一笑：我也有妈妈。

他心中一沉，眼圈有些发热，说：你们也不容易，给你1000元。不能让你们赔了。

女服务员望着他，笑了笑点点头：谢谢您，哥，欢迎常来！

他也笑：会的，祝你的妈妈母亲节快乐。

离开专卖店。他长长舒了口气，感到阳光很好，空气很清爽。

第二天，坐车四个小时回到乡下。母亲很惊诧：这不年不节的，怎么回来了？

出差路过，顺便就回来了。他把衣服交给母亲。

母亲感到特别意外，她从没想过儿子会给自己买衣服：好漂亮的衣服，得多少钱啊？

他轻描淡写答：不贵，才80元。

母亲嗔怪：太浪费了，你们赚钱也不容易。以后别买这么贵的。妞妞还得上学，你们还打算买房，用钱的地方多哩。

好像又回到儿时，他笑得像孩子一样纯真开心。返回城里的家时，他给妻子买了一件时尚的衣服。

妻子穿了衣服在镜子前照,说:自从结婚后,你好像还是第一次给我买衣服。

女儿说:爸爸买的衣服好漂亮,长大了我也给妈妈买漂亮衣服。

他不自然地笑了,说:我——我这是替妞妞给你买的,母亲节快乐!

那我得谢谢妞妞。妻子抱起女儿轻轻地吻一口,趁他不注意,悄悄地转过身,拭去眼角两朵晶莹的泪。

他教女儿背孟郊的《游子吟》,女儿很快就记在心中:慈母手中线,游子身上衣,临行密密缝,意恐迟迟归。谁言寸草心,报得三春晖。

女儿背这首诗时,妻子放下手中的活儿,微眯着眼睛专注地听,一脸陶醉和幸福。

小女鼠的爱情经历

在这个世界上，我是一只最聪明伶俐的小女鼠，因为我能在网上自由自在地冲浪。我看新闻，看娱乐时尚，更多时候就泡在聊天室里，我的真实姓名和昵称都是——小女鼠。我最讨厌说谎与造假，凡事都实话实说，从不隐瞒——我是一只漂亮的小女鼠，希望遇到真诚的朋友，一起度过快乐的聊天时光。

许多网友都喜欢找我聊天，经过大胆接触、小心了解，我的网友固定下来，他的昵称是小男猫。每当夜深人静，我们就在网上敞开心扉，谈世界观，谈人生，谈艺术……

我说：实话实说，我是一只小女鼠。我爸爸是一只粮库的老鼠王，后来因组织群鼠偷粮食，被认定犯了盗窃罪，判了死刑。我妈妈死得更惨，她在一次与五星级宾馆里的一只小白鼠约会时，被五星级大厨用钢勺打碎了脑壳。我一个人艰难度过了幼女时代，现在已步入青春期。我渴望交一个真诚、善良、有事业心、责任心的知心朋友。

小男猫说：你真幽默，你一定是不但漂亮、聪明过人，更有一颗善于幻想、纯真、烂漫的心！我和你一样，希望今生能遇到一个温柔、贤惠的知心爱人。

我说：网络是虚拟的世界，许多不可能的事情都会发生，比如一只冰雪聪明的小女鼠也会上网聊天；一只狐狸精会想方设法引诱你，然后吸干你的血；一只黑手会在不知不觉中伸进你的口袋、卡住你的脖子……有很多并不是你所想象的。

小男猫说：的确在网络世界存在着许多欺诈与陷阱，刚才我还得到一个消息，一个小女生与一个叫"英俊男生"的网友网恋，"英俊男生"约小女生去郊游，小女生应邀前往，"英俊男生"原来是个出狱不久的大色魔，将小女生奸杀后，把尸体抛进湖里。在网上聊天，你千万要小心呀！

两个月后，小男猫提出想和我见面。我说：你会不会是个口蜜腹剑、阴险毒辣的家伙，在骗取我的信任之后，将我诱骗到某个地方，割断我的咽喉谋色害命？

小男猫说：我心疼你还来不及呢，怎么会想到要杀你？

我问：你真的是一只和我一样绝顶聪明的小男猫？

小男猫说：当然啦！我从不说谎。

我说：我是一只漂亮的小女鼠，不是你所想象的漂亮小女生，我们之间不可能发生爱情。

小男猫说：我喜欢漂亮的小女鼠，不喜欢漂亮的小女生。为什么我们之间就不可能发生爱情？只要我们真诚相爱，海可枯、石可烂，我爱你的心不改变。我发誓非你不娶。我说：你太不理性了！我们不能让爱情冲晕头脑。

小男猫说：我相信一"键"钟情，小女鼠，多可爱的名字，只有最漂亮的小女生才能想出这样天才的名字，你清纯、靓丽的形象已经展现在我的面前。

此后的日子里，小男猫在网上向我发起强烈的爱情攻势，一浪高过一浪。他问我喜欢什么，我说我喜欢吃干鱼。很快我就收到了又香又美的干鱼片。我说我喜欢珍珠项链和白银脚链，没过两天，我又如愿以偿……不久，我变成了一只贵族小女鼠。

动物和人是一样的，我们也会被爱情冲晕头脑，甘心情愿做爱情的俘虏。冰雪聪明的我也逃不过爱情的网了。不知不觉中我开始喜欢小男猫，渴望见到他，我想象他是一只英俊潇洒的小男猫，金黄色的毛发，炯炯有神的大眼,威风凛凛的胡子。尽管猫和鼠是天敌,但我依然痴情地相信,在爱情力量的感召下,我们这对猫和鼠会相扶相挽走过一生。在小男猫的再三请求之下,我同意赴平生第一个约会。我们约定在紫玉山庄东门池塘旁相见,他手中拿一朵玫瑰花。

事与愿违,我看到的小男猫并不是一只金黄色毛发的男猫,而是一个英俊的小伙子,他手里拿着一束玫瑰花,痴情地站在紫玉山庄东门的池塘边,等着他的梦中情人。一个打扮时尚的女孩手捧着一束玫瑰花走过来,小男猫欢喜地迎上去:你好,小女鼠。时尚女孩充满敌意地看他一眼说:神经病,你才是小女鼠呢。

从傍晚6点一直到深夜11点,我的小男猫一次次充满希望,又一次次地失望。而我就在他旁边的一条石凳下面。看到他焦灼痛苦的模样,我终于忍不住站出来向他说明情况。小男猫吃惊地看着我:你,你真的是一只小女鼠?这怎么可能?他绝望地仰天长叹:这个世界欺诈和陷阱太多太多,甚至连一只小老鼠也来欺骗我。

我说:我从来没有欺骗过你,从一开始就告诉你我是一只小女鼠,是你自己欺骗了自己!

新版"狐假虎威"

森林之王老虎收到一封漂亮的邀请函，发函者是狐狸。

自"狐假虎威"事件之后，老虎觉得很没面子，自己勇猛一世，却懦弱一时，让一个小小的狐狸钻空子，使自己在动物王国丢尽了脸。老虎本想立即找狐狸报仇，将他当着众动物们的面碎尸万段，但这样一来无异于在动物王国里承认了自己曾被狐狸欺骗的事实。老虎觉得他吃亏就在于有勇无谋，于是忍下心来，等待时机，他要用最完美的还击给狐狸以牙还牙，让自己的故事也成为一个经典。

狐狸的请柬是邀请老虎参加他的生日party。老虎灵机一动，觉得报仇雪恨的机会来了。他要在盛宴之上揭穿狐狸的谎言，要让所有的动物都知道，狐狸是一个只会说假话骗人的货色。当大家都目瞪口呆时，自己再一口活生生吞了他！

来到狐狸山庄，老虎不由暗暗吃惊，昔日的小草窝棚换做了别墅豪宅，室内灯火辉煌。狐狸披着红斗篷，笑眯眯地出来迎接：老虎兄弟，欢迎光临。狐狸伸手相搀，老虎满心不高兴：我老虎大王竟成了你小狐狸的兄弟，真是滑天下之大稽！但为了达到目的，老虎决定还是先忍一忍。

大厅之内宾客满室，兔子、猴子、狼、蛇、乌龟、驴子等都在，老虎轻轻咳嗽一声，那些正交头接耳闲话的动物们，立即噤了声，齐刷刷扭过头来看，眼中充满了敬畏。老虎暗自得意：虽说上次"狐假虎威"，让俺好没面子，但俺威风与杀气还在，瞧这帮动物崽子，哪一个不怕得要死！咱走着瞧，俺今天决不用蛮力，一定要用聪明的脑袋来改变历史……老虎面带微笑昂首阔步往里走。

大厅上摆着两把交椅，按动物界的规矩，这就是头把交椅和二把交椅，相当于梁山泊上及时雨宋江和玉麒麟卢俊义的座位。老虎迈开虎步，噔、噔、噔，几步过去，也不跟谁客气，就坐在了头把交椅上。动物们目不转睛看着老虎，随着他的屁股落座，除了狐狸之外，所有的动物们都张大了嘴巴，显出一脸惊惧。老虎心中暗笑：俺百兽之王的雄风一点也不减也！正在得意，忽然感觉肩上落下重重的一掌，伸手去摸，却是一只巨爪，如钢似铁一般。老虎心中吃惊，猛扭回头，吓得他"刺溜"从头把交椅上滑跌地下。原来，不知何时，身后站着一只更硕大凶悍的猛虎——这虎比自己整整大一号，是真正的虎背熊腰，两眼如铜铃，眉心一个"王"字分外刺目，不怒自威。自己和他一比，真成"微缩景观"了。

狐狸脸上闪过一丝不易觉察的微笑，急忙跨步上前相搀说：老虎兄弟，在下失礼，忘了给您和众位介绍，这位是我的小师弟，世界虎王争霸赛的冠军，刚刚从非洲坐飞机来参加我的生日宴会。

众动物长舒一口气，不约而同地"哇噻"一声。老虎努力展示出一副可爱的笑脸说：冠军先生，您好，不知大驾光临，有失远迎，请见谅！这头把交椅还是您坐最合适，我呢，自己随便找个地儿就可以了。说罢匆匆退下去，"猫"在动物们中间了。

虎王争霸赛冠军不理老虎，伸手对狐狸说：大王，您老先请。狐狸点点头，在头把交椅上坐下，冠军则坐在了二把交椅上。狐狸举杯说：女士们、先生们，让我们共同举杯，为了我们今天难得的相聚！……

明月西坠，天快亮了，老虎起身说：狐狸大王，谢谢您的这次盛宴，改日我请你和这位冠军大哥吃麦当劳！其他动物见老虎要走，也纷纷告退。狐狸目送老虎等远去，长长舒一口气。他迈着轻盈的狐步走进卧室，电话响了：我是宇宙造假公司的老板庄周，今天的生日party开得怎么样啊？

· 152 ·

非常成功，你的高科技产品不但骗过了猴子、兔子、驴子等，还骗过了老虎。据我观察，这个笨蛋差点被吓得尿裤子，我相信他从此一定会死心塌地听我的命令，只要有了老虎保驾，我就可以安心做动物王国的大王了！

庄周说：狐狸先生，祝愿您心想事成，但别忘了我们签订的合同交易，您什么时候能将货送到啊？

当然，合同是具有法律效力的，我决不食言，你们所需要的猴脑、鹿茸、还有虎骨、虎尾等等，我一样都不会少的。狐狸说：只是我有个疑问，庄老板要这些货做什么用呢？

实话跟你说吧，我们和许多五星级饭店签有供货合同，非典过后，健忘的人类早将SARS抛在了脑后，一窝蜂地跑到饭店大吃大喝。现在饭店的生意特别火，绝大部分人都是冲着这些虎尾、虎骨、鹿茸、活猴脑去的，因为缺货，目前我们只能生产一些假的虎尾、鹿茸滥竽充数。我助你成为动物王国的大王，但你必须尽快弄到真的虎尾、鹿茸来！

没问题啦！狐狸显得信心十足。

我警告你，千万不要用假鹿茸、虎尾来糊弄我，否则，我会把真相告诉你的"老朋友"——老虎。

我以狐狸的名誉发誓，决不卖假货给你们！狐狸暗暗一笑，一个宏伟的计划已在他的头脑中酝酿开来，他要建一个庞大的"动物王国无限高科技制假公司"，专门生产仿真虎骨、虎尾和鹿茸，然后直销到人类那些五星级饭店里。这时，那只世界虎王争霸赛的冠军走进来，彬彬有礼地说：大王，您还有何吩咐？

不用了！狐狸在冠军的项间"叭"地一摁，他立即如中了魔法般一动不动。狐狸哈哈大笑：这高科技制造的假玩意儿还真挺好使！

火　痴

　　刁文懿小时候喜欢玩火，有一次在家里玩火，差点把房子烧了。父亲非常生气，把他打个半死。还骂：你个败家玩意儿，这个家就要毁在你手里了。

　　母亲心疼：儿啊，以后别再玩火了。刁文懿抹去嘴角眼泪鼻涕，抽抽噎噎说：我喜欢玩火。

　　母亲抚着他的脑袋，长长叹息：怕是将来你要毁在这上面哩！

　　刁文懿长大后，做了李世民的御林卫士。儿时的习性不改，他最喜欢在院子里升起一堆火，看着那明明灭灭的火苗痴乐。有时候兴致所致，还要在火上烤一条大鱼，或者一只全羊。刁文懿的兴趣，不在大鱼或全羊，而在——玩火。

　　母亲看刁文懿玩兴不改，忍不住来劝：儿啊，你已成人，以后别再玩火了。

　　刁文懿一番眼珠：我喜欢。

　　这时候，刁文懿的父亲已亡多年。母亲转身回屋，自心底里发出重重的叹息：火痴儿，怕是将来你要毁在这上面哩

　　晚年的唐太宗喜欢到处溜达，常趁人不备，换上一身便装到民间闲逛，混迹于市井之间，喝茶遛鸟自得其乐。有时候他还会带着几个御林卫士远出京师，游玩于山水之间。

刁文懿很讨厌这种沿途护驾的差使，就琢磨了一个法子。去和自己的好朋友——同样是御林卫士的崔卿说。崔卿听罢，吓得脸色苍白：皇上乃天子下凡，万不可如此。

刁文懿在脚边生起一堆野火，瞧着火苗嘿嘿一乐：没想到你怕成这个样？还算个男人吗？

在刁文懿的一再鼓动下，崔卿终于点头。

这天，李世民又带着几个御林卫士来到江南某镇，晚上住在一个小店里。李世民旅途疲惫，躺在床上刚闭眼，忽听嗖一声响，一只雕翎箭正射在临床的窗外。李世民腾身坐起，这时候，啪、啪、啪一连又是几只箭刺破了窗棂。

李世民年轻时也有刀马功夫，可谓能征惯战。此时一点也不惊慌，提起龙泉宝剑，拉开门冲到屋后，却只见月光朦胧，毫无偷袭者的踪影。

过两日，一行人来到义阳镇。晚上，李世民刚上床闭眼，啪、啪、啪，又是一连数支的箭射进窗里。李世民悄然起身，提着龙泉剑蹑手蹑脚来到后院。月光朦胧中，李世民看到自己的御林卫士刁文懿和崔卿提着弯弓躲在古树后。

聪明有上限，愚蠢却没有底线。犯蠢的人总会为了微小的目标，付出巨大的人生成本。刁文懿和崔卿被李世民处以绞刑。临刑前，刁文懿忽然想起当年母亲的叹息：怕是将来你要毁在这上面！

悔之晚矣！

两日后，刁文懿家中突然起火，街坊邻人拼全力扑灭大火，发现其母尸体早已焦灼变形。纷纷猜测：怕是自焚！

李世民听到刁文懿的传闻，道：知子者，莫若母。火痴者，刁文懿也。

刁文懿有一子，喜玩火。成年后参军入兵营，曾以火攻灭敌三十万，被封为火威无敌大将军。这是后话不提也罢。

怪 症

在城市最高的一幢楼的顶层，居住着著名房地产开发商朱市会和他的妻子与儿子。

近两个月来，朱老板患上一种罕见的怪病，去本市最好的贵族医院，找最好的专家大夫，都无能为力。病越来越厉害，若不能及时救治，他将不久人世。朱老板不惜花费巨资，到北京、上海，甚至国外最高级的那斯达克医院，找世界上最权威的学者专家，结果却只有一个——没有治疗之法，谁也无力回天。

人之将死，其行也善。心灰意冷的朱市会再也不对赚钱感兴趣了，他想回老家看看，那是一个山清水秀的小村庄，那里有他天真纯洁的童年，有朴实可爱的父老乡亲。在死之前，他需要一片圣洁的家园，洗涤满身的铜臭。在小村外，朱市会遇到一位花白胡子的老人，老人看了看他说：你患了一种怪病，不治近日将必死。朱老板点头说：没有办法，世界上最好的医生都看过了，我不得不接受死亡的现实。

还想治吗？老人问。

想，如果你能治好我的病，花多少钱都行！朱老板惊喜万分，仿佛突然抓到一根救命稻草，他几乎要给老人跪下。

老人说：开个方子给你，你要付我1元钱。

朱老板连说：好！别说1元，就是1000、10000、100万都没有问题。

老人摇头固执地说：我为你提供的服务就值1元钱，多一分我不要，少一分不行。

好，好。朱老板掏出1元递过去。老人坦然接纳，然后，从口袋取出一个揉得皱巴巴的纸片，用一只破旧的笔在上面点点画画写了几十个字，交给朱市会说：要想活命，就严格照方子去做。说完老人转身哼着小曲向深山走去，观其背影形神，真似神人仙翁。

多谢神仙老人惠赐宝方。朱老板立即回城，照方抓药，共花去8角钱。急急地把药就水喝了，然后准备下楼。老婆小心地问：在咱家的厕所不行吗？工地上的民工厕所到处都是蚊蝇，多脏、多臭啊！

朱老板脸一紧说：神仙老人如何说，咱就如何做，来不得半点虚假。

朱老板来到工地，挑最脏最臭的茅坑蹲下。妻子和儿子依照他的吩咐，从银行里取出几麻袋人民币，拿来账本站在厕所外面。

李老柱，4月份工资300，加上拖欠两年的工资，共计7200元。现在马上全部给付。朱老板在厕所里高声喊。厕所外面的妻儿立即将钱点数清楚，交给民工李老柱。

张大贵，4月份工资300，加上拖欠的两年工资，共计7200元。现在马上全部给付。朱老板在厕所里高声喊。厕所外面的妻儿立即将钱点数清楚，交给民工张大贵。

鞠广大，4月份工资300，加上拖欠的两年工资，共计7200元。现在马上全部给付。朱老板高声喊。厕所外面的妻儿立即将钱点数清楚，交给民工鞠广大。

……随着一个又一个民工如数拿到他们的血汗钱，朱老板感到下腹渐热，"咕噜噜"作响，紧闭了两个多月的腹中污物倾泻而出，原本胀得如大鼓的皮囊渐渐平凹下去。

我见到著名房地产开发商朱市会时，他已经基本痊愈了。一心向善的朱老板诚心诚意地向我讲述了他的故事，并希望通过我的笔对普天下贪心不足的房地产开发商进行告诫。听他讲述到此，我问：你究竟患的是什么病啊？什么症状呢？

朱市会说：两个月前，我最后一次把前来要账的民工们轰赶出门后，就患上了这种怪病——无论怎样想办法，都无法排泄。一天、两天，一连就是俩月，肚子愈胀愈大，我再不敢吃进任何东西。人只吃不拉，要不了多久，肯定就会被憋死的。

那位神仙老人给你的是什么药方呢？我问。

朱老板说：世界财富人人有份儿，不可多吃多占，速把侵占他人的钱财归还原主。具体的做法就是上面我说的那样——

那位老人究竟诊断你患的是什么病？我再三追问。

朱市会涨红着脸说：多吃多占综合征。

非常名片

我做记者快10年了,做得久了,什么人都可能碰到。

某天,我采访一个人,在完成采访后,和他聊起来,谈得很愉快,这个人就把我看成他很好的朋友,临别他说:没什么送你的,给你张名片吧。

我说:刚见面时,你已经给过我名片了。说着还将他给我的那张名片拿出来。他摇头说:那张不管用!他从抽屉里取出一张名片。我接过来细看,的确是一张他的名片,不同的是,这一张是他亲自用碳素墨水笔写的名片,字体很特别,上面有他的名字和手机号码。

记住,拿着它,找最关键的人物,就能解决你最重要的事。他郑重地说,还亲切地握了握我的手。他的手很凉,仿佛僵尸的手。

我一路都在回味那个人说的话,拿着它,找到最关键的人物,就能解决我最重要的事。我现在最重要的事是什么?尽快拥有自己的房子!这个城市商品房价格奇高,以至于这里流传这样的话:辛辛苦苦几十年,一下回到解放前。当然,也有价格低廉的经济适用房,但购买经济适用房的前提是,购买人必须持有本地户口。户口!对我来讲太重要了,再过若干年,我女儿考大学也用得着它。解决户口问题,当然是我目前最重要的事。

几经努力,我找到了可以帮我解决户口的关键人物。见到他时,我很激动地说，我大专学历，是个外地人，为这座城市做贡献七八年了，但一直没办法解决户口问题，没有户口，我女儿上幼儿园要交巨额赞助费；没有户口，我就不能买经济适用房；没有户口，我的心里永远压着外地人所有的那种沉重包袱，压得我喘不过气……

真同情你，可是按照有关法律文件，我不能给你办户口。关键人物一本正经回答。

我拿出了那张手写的名片。关键人物看到名片，态度立即180度大转变说：你怎么不早拿出来呢，你的事儿我办了。

很快，我拥有了该城市的户口，这个困扰我多年的难题，因为一张名片而轻易解决。我对那个给我这张名片的人充满感激。

下一步，对我来说，最重要的事就是购买经济适用房了。但经济适用房在这座城市太少、太难买。凡是经济适用房，都需要排队等候。在南城有一处经济适用房，还没有开盘，就有2000多人在售楼处排队，一排就是三个月。怎么样才能尽快拥有一处保质保量的经济适用房呢？我想到了那张名片。于是，我找到了有权尽快卖给我本城最佳经济适用房的关键人物。

不行，房号已排到3000多位了，你等到2008年以后再来吧。关键人物摆着一副包公脸。

帮帮忙，我做梦都想拥有一处属于自己的住房啊！我几乎在哀求他。

这个城市有你这种梦想的人不计其数，我帮忙能帮得过来吗？依法规办事，就是亲爹亲娘来求，我也不能帮。关键人物信誓旦旦。

我拿出那张手写的名片。就像水温突然由零下100度转成了零上100度，关键人物握住我的手说：没问题，你先挑房吧，楼层、单元、房间，挑好了我打电话让他们马上把钥匙拿来。

户口解决了，经济适用房有了。快乐没几天，烦恼又至。那天刚到单位，社长虎着脸问：你今年的广告任务完不成，年终奖就一分钱没有。我说：社长，你再容我跑一跑。我虽然是记者，每年也有拉30万元广告的任务。除了会提笔写字之外，我却别无所长，又不会拍马溜须拉关系走后门，怎能完成这项艰巨任务？如果到年终完不成任务，不但没有奖金，我的工作也可能要丢。

我想到了那张神奇的名片，何不再试一试它的威力？这次我要钓一条大鱼。我来到一家知名的大企业，找到老总，刚提广告的事，老总就说：没钱，企业最近资金周转很困难。我把那张名片拿出来在他面前晃了晃说：老总，请多关照。

老总眼睛刷地射出两道亮光：兄弟，你需要多少钱？

我说：300万。其实我心想，给3万就知足了。没想到老总立即点头说：请稍等。片刻，我拿到了一张300万元的支票。

天啊，这张名片竟然有如此巨大威力。我辞了工作，靠着这张名片，结识了许多关键部门的关键人物，他们在看到我的这张手写名片后，对我简直是有求必应。我把那张名片奉为神灵，天天捧着、敬着，有了它，我什么美梦都可以成真。

然而，突然一天，我打开电视，看到一条新闻：×××滥用职权、贪污受贿……涉嫌黑社会性质团体、巨额财产来路不明，昨天已被依法抓捕。数年来，他的黑手伸向各行各业，很多人迫于他的淫威而对他俯首听命。举一个简单而荒唐的例子，你只要拥有一张他手写的名片，就可以大发横财。目前公安机关正在全市范围内展开查处行动，对于那些持有他手写名片的人，绝不轻易放过。

我手上就有这个人的手写名片！怎么办？立即销毁，让公安局查无证据。于是，我跑到厕所里，把那张名片撕成碎片，扔进下水道。看着破碎的名片在下水管道里消失，我长长舒一口气，现在就安全了。

这时，门"砰砰"被敲响，我颤声问：是谁？

门外传来声音：快开门，公安局的！

天 驷

　　天驷，又名房四星，是为玉皇大帝拉车的天马。偶然失职，马失前蹄，把玉帝摔了个跟头，玉帝大怒，将其罚下天庭。

　　河南南阳西关有个卖豆腐的俗人宫六，一日出门卖豆腐，撞见一匹无缰绳的瘦马，瞅左右前后无人，顺手牵回家去。宫六开着一家豆腐店，那匹老马目前累死了，正愁无牲畜拉磨，真是上天有眼，想馅饼就掉下一块大馅饼，乐得宫六当晚自斟自饮半斤南阳老白干，又抱着麻脸女人美美地困了一觉。

　　天驷落户宫六家，不分白天黑夜地干活，围着磨盘有始无终地转啊转。吝啬的麻脸女人只把一些枯叶烂草喂它。宫六豆腐生意不好，就常拿鞭子在它身上泻火，天驷身上时常鞭痕累累。可怜玉帝天上马，流落人间磨豆腐。

　　公元809年，一位平民书生路过南阳地界。日近中午，口渴难耐，叩响宫六家的柴门。宫六端出一碗井里凉水给他。书生斯斯文文喝了几口，忽听后面草屋中有马嘶鸣，声贯青天白云间。书生放下水碗，疾步冲进草屋，只见灰暗潮湿充满霉味的破屋中，一匹瘦马正驻足长鸣。

　　宫六怒骂：劣畜生，不干活，瞎叫唤啥哩！举鞭欲打，被书生一把扯住。书生走过去拉着缰绳，上下左右仔细打量，并用手抚摸其眼耳口鼻唇，忍不住脱口吟道：

此马非凡马，房星本是星。

向前敲瘦骨，犹自带铜声。

宫六支棱着耳朵听，也不知书生说的是什么意思。正待要问，书生转身对他深深一揖说：我愿出高价买此马，先生意下如何？

宫六心怪此马不听使唤已久，有人愿高价购买，他自然愿意，又看那书生有些呆里呆气，就狮子大张口开出一个高价。那书生却不犹豫，伸手在怀中掏了半日，将所有碎银掏出，总算凑够了宫六的要价。

付完银子，书生牵着天驷就走。

郊野外，古道边，芳草碧连天。书生解开马缰，对天驷一揖道：小人乃唐朝诗人李贺，位卑无财，尽出吾资还汝自由。吾知汝实为天上良马，不该屈居民间为凡俗人所使唤，今释汝去，祝早日寻得名主，得栖梧桐。

天驷仰天长鸣，以示感谢，复绕李贺转了三转，方扬蹄而去。

天驷去向何方，无人知晓。六年后，年仅27岁的李贺不幸早逝，他的这首赞马诗流传千年，至今犹存。

老毙公

　　老毙公是一个人的外号，因他常打猎，枪法又极好而得名。至于他本名叫什么，方圆几十里却少有人知，就连本村年纪大些的人也不甚清楚。老毙公瘦高身材，刀条子脸，狮子鼻，大海口，一双细长眼时刻准备瞄准谁似的。老毙公40多岁，单身，只有一条狗与他做伴。据禹村人讲，老毙公年轻时爱恋过十里外某村一女子。女子生得肤白如鸡蛋二层皮，大眼睛，双眼皮，水灵灵的。老毙公几乎天天要往她那个村跑，为的是和女子见见面，说说话。不幸女子被本村一个无赖缠上，无赖在一个月黑风高之夜偷偷钻进了女子的闺房……后来女子跳井而死。老毙公也曾试图为女子讨个说法，可惜那无赖很有些势力，他处处受阻，这件事就不了了之。再后来，听说那无赖还做了村长。

　　再有人给老毙公说亲，他都避而不见，时间长了，人们见他也死了这份心，就不再和他提说成家一事。老毙公至今仍光棍一条，一个人吃饱，全家不饿。那条黄毛狗据说就是女子送他的，跟着他很有些年头。老毙公有两只土枪，一长，一短。闲时老毙公就背着长枪，挎着短枪，拎个帆布包出门，黄毛狗撒欢儿跑前跑后。回来时他手上会多一两只野兔。村人围过来说："瞧瞧揍到哪儿啦？"老毙公笑着把兔子放在地上，众人注目过去："哇，不偏不斜，正在脖子上。"

　　土枪子弹有两种，一种是一根寸许长钢条，细圆形，拿在手里沉甸甸

· 164 ·

的，装进枪膛，一扣扳机，"叭"，钢条如离弦的箭射出去。另一种是散弹，由数粒钢子儿组成，枪打出去是一片，能把猎物打成蜂窝状。老毙公爱用钢条，不用散弹。他说："钢条使得着劲儿，又准、又狠，如遇上兽物，从脖子前面打进去，从脖子后面穿出来，打中就没得逃。"

南阳有种鸟，学名乌鸦，当地人称赤奔叉，叫声嘶哑而凄凉，本地人认为这是一种不祥之鸟，落在谁家枝头，谁家就要死人。所以，常有人拿石子、土块掷它，口里"呸、呸"直骂晦气。一只赤奔叉落在老毙公家的树杈上。老毙公家门前只此一棵树，又细又高。赤奔叉的叫声传出很远，立即引来许多村里闲人，他们想开开眼，看老毙公是怎样处置这只恶鸟的。那条黄毛狗早围着树转起圈来，一边仰着脖子汪汪大叫。"拿枪打死它！"闲人们起哄说。老毙公进屋取出短枪，站在门口问："打哪儿？""脖子！"闲人们说。

老毙公抬手，微笑着眯起细眼。乌黑的枪口指向鸣叫的赤奔叉。突然，斜刺里又一只赤奔叉飞出，尖啸着从老毙公眼前飞过。老毙公手一颤，枪响了。那只赤奔叉扑棱着翅膀离开枝头，却越飞越低，十几米外，终于跌撞在地上。黄毛狗蹿过去一口叼住，邀功似的回来放到老毙公脚旁。众人围过去，发现钢条穿透了赤奔叉的腹部。"没打中脖子！"有人说。"都是那一个赤奔叉晃眼给闹的！"有人一边为老毙公解释，一边抬头看老毙公。老毙公正侧着脸望着不远处树上的那只赤奔叉。"那是只公的，这是只母的，刚才它还想救它老婆哩！"有人发现了其中奥妙。"把那只也揍下来，打它的脖子。"闲人们又起哄说。老毙公脸色霎时阴郁下来，拎着枪不言不语走进屋。

次日，黄毛狗遭到公赤奔叉的袭击。公赤奔叉犹如鹰般从高高的树上飞下，扇动翅膀，"啪"地击在黄毛狗身上，而后飞起，再猛然飞扑下来。一次、两次……黄毛狗开始还举头反击，汪汪狂吠，后来只能低头逃避，发出低低的哀鸣。老毙公坐在屋中，无语地擦他的两只土枪，脸色愈发阴沉苍白。黄毛狗每次出门都要遭到公赤奔叉袭击，它一天天瘦下去。终于有一日，在它再次遭到公赤奔叉袭击后倒在地上，死了。

老毕公悄然埋了黄毛狗的尸体，背起两杆擦得锃亮的土枪，锁上家门，头也不回地走出村去。那只倔强的公赤奔叉紧跟其后，声音凄厉。老毕公充耳不闻，只顾朝前走。

不久，传来消息，十里外某村村长被人打死，一根钢条从脖子前面打进去，从脖子后面出来，钉进一棵一搂粗细的树干里。禹村人说："这枪法，也只有老毕公才这么准！"也有人说："那个糟蹋人家黄花闺女的村长，他十几年前就该死了。"老毕公出村时，放牛的二娃看到他在路过村口小河时往河中扔了一样东西，后来下去一摸，原来是把钥匙。二娃觉得无用，又往河的深处扔去了。

自此，老毕公家门上的锁再没有开启过。

七 夕

QQ 是一个众所周知的聊天交友工具，我在QQ 上面建了一个"群"，可以同时和多人聊天，当然也可以一对一私聊。打电话给大学同学李白，邀请其加入，他高兴地答应，还提供了秦三观、徐达等大学同窗的QQ 号。又联系秦三观，秦三观提供了赵飞燕、杨玉环等女同学的QQ 号。

与李白QQ 私聊，告诉他"群"中已有七八位大学同窗。李白听到赵飞燕的名字，嘻嘻笑着说："她也在，她的网名叫什么？QQ 号多少？"我如实相告，李白说："瞧着吧，有时间我调戏调戏她。"

李白同学爱开玩笑，大学时在男生中爱说些荤笑话，逗得大家直骂："你小子满口喷粪！"在女生面前，他也不时冒出荤素搭配的段子，气得女生拿粉拳追着他打。赵飞燕相貌谈不上出众，生性爱说爱闹不饶人。两人斗嘴，针尖麦芒不分高下，引得同学围观，不乏起哄叫好者。

大学毕业一晃十多年。网络技术突飞猛进，各种聊天室纷纷出笼，相隔千万里，也能在网上如面对面般交流。这天，李白在QQ 上得意地对我说："我以陌生人的身份与赵飞燕搭话，我说了许多令人肉麻之语，摆出一副死心塌地追求她的样子。"

我提醒说："你可不要假戏真做。"

李白说："赵飞燕对我的百般追求不理不睬，一副良家妇女的美好形象。"

我开导说:"人家有夫有子的人,怎么会和一个陌生人眉来眼去?"

"我还得再调戏调戏她,我就不信羊娃儿不吃麦苗。"李白呵呵地坏笑。

半月过去。李白再次与我在QQ上聊天。"赵飞燕同意与我交朋友,我的甜言蜜语终于见效了。这两天正努力说服她与我'网婚',在网上建立一个小家庭,看来有戏啊……"李白一副得意忘形的样子。

"赵飞燕还不知道你是李白?"我不屑地说:"说不定人家是在逗你玩呢!"

"我做得隐蔽,真实身份她不可能知道。"李白显得非常有把握。

第三次与李白QQ聊天时,李白喜洋洋地告诉我,他已和赵飞燕举行"网婚",领养了一个网络宝宝,俨然成为网上一家人。"有几次我们在网上聊到半夜一二点,卿卿我我的,没想到赵飞燕还挺温柔啊,对我们的网络宝宝疼爱有加,还买了婴儿床、奶瓶奶嘴、玩具等,呵呵,我真有点爱她了。"李白颇有些陶醉其中。

我忽然预感到什么,严肃地提醒李白:"你趁早收手,不然后悔来不及啊。"

李白没理我就下线了。我想应该告诉赵飞燕实情,但一时不知道该与她从何说起。迟疑中,时间飞快地向前走了。

又一天,我打开QQ,发现有李白的留言:"赵飞燕提出要和我见面,她想知道生活中我是什么模样。她已经多次提这个要求了。我说我是劳改犯,她说你就是杀人犯我也想见一见。我说我在北京、上海、新疆四处流窜,她说就是天涯海角,也要来看我。我感觉她对我是动真情了!"

我决定和李白好好谈一谈,他这样下去是在玩火自焚。这时,单位安排我到一个偏远地方出差,一去数月。回来打开QQ,上面有许多李白写给我的话:赵飞燕说她爱我,我该怎么办……我告诉她真相,她很生气,三天都不理我,而我却开始不停地想她,怎么办……昨天我在网上一直等到凌晨三点,她终于上网了,她因为睡不着才上网的……我们在网上又聊了一个通宵，她的家庭生活并不快乐……我发现自己身陷爱中，不能自拔身不由己了……我竟然向她求爱。她说她要考虑考虑……无法否认的彼此深爱。可我们都是有家有室的人了，怎么办……李白的最后一个留言是：赵飞燕和她的老公离婚了，她要等着我，我该怎么办？面对显示屏，我脑海一片空白。

上铺的爱情

读大学时，有一位同学名叫孙一正，原来比我高一届，因为有病休了半学期假，新学期开学便成了我的同学，而且很巧又成为我的上铺。他个子很高，又清瘦，更显出四肢的修长。他站在那里叉开两足，再平展两臂，便是一个标准的中国黑体汉字——大。

发现孙一正有病，是在新学期开学两个月之后。那天我打完篮球回宿舍，突然看到他站在桌子上，把一根细长而结实的麻绳往自己的脖项上套。看到我进来，他手僵在那里，片刻后从脖子上取下麻绳，微笑着说："你进来咋不敲门呢？吓我一跳！"

听高年级的师兄说，孙一正生病以前，是一个很腼腆的男生。他爱上了一个比他还高一届的女生，两个人处得也还可以。有人看到他们手拉手逛街。有一次一位同学开玩笑说：孙一正，你和她不是挺好的吗，你的被子为何不让她帮你拆洗？孙一正听了之后，就抱起被子去找那个女生。女生正在乒乓球室和几个同学打球。他去了就说：××，你帮我洗洗被子！女生正玩在兴头上，听他这么莫名其妙地一说，就回了一句：你有病啊！孙一正回到宿舍后神色就不对了。大伙儿吓得谁也不敢问。两个月后，他第一次发病。

孙一正唱歌很好听。教室里只要有一个人唱一个开头，孙一正就会接着一直唱下去，把自己所会的歌都唱一遍。如果中间有人说一句英语，他会随之改口说英语，叽里咕噜一直说下去。其实孙一正脑子很清楚，仔细听他的英语，语法、发音都非常正确。

　　孙一正不发病时，是一个非常好的人。他会小心地打扫卫生，洗抹桌子，将宿舍打扫得很干净。他的床铺靠墙那侧，贴着一张优美的风景画，有点莫扎特音乐的味道，也不知他什么时候贴上去的。有时候他会痴痴地看那张风景画，一看两三个小时眼睛都不眨一眨。

　　孙一正的思维很奇特，极富跳跃性。有一次他对我说：你不是对哲学很感兴趣吗？我给你说一个命题，你不一定明白——人是一定的！

　　我问：为什么？

　　他说：宇宙是一定的吧？

　　我点头。他说：宇宙是一定的，所以地球也是一定的。地球是一定的，那么地球上的人口是一定的。所以，人是一定的。我很惊诧，这样的论题我们的哲学教授也未必能论证得清楚。

　　孙一正犯病很可怕。一次，上完实验课，大家回宿舍。我走在前面，用钥匙打开门，忽然看到孙一正正站在宿舍的窗户上，一只手叉着腰，仿佛是在面对千万观众讲话。所有人都目瞪口呆地愣在宿舍门口，孙一正扭回头看了看我们，嘴角咧开一个惬意的微笑，转身轻轻地跳下去。

　　我想：我的上铺这次肯定完蛋了，因为我们宿舍在三楼，窗户下面是一条用水泥砌成的污水沟，专门排泄从学生宿舍里流出的污水。我们涌到窗口往下看，却看到孙一正努力地从污水沟中站起来，他的裤子浸湿了，膝盖处磕破了一个血洞。但奇怪的是除此之外，他几乎完好无损。

　　后来，孙一正又退学了。

　　我在整理我的这位上铺的床铺时，顺手撕掉了他贴在墙上的那张风景画，眼前的一幕令我惊诧万分——在风景画的后面，竟然有一个人为挖出的书本长宽的暗盒。暗盒里放着一堆照片，全是他那位女友的，春、夏、秋、冬四季的照片都有，每张照片后面皆用楷书写着三个字：我爱你。

　　孙一正的那位曾经的女友并不漂亮，我以为。

报　账

　　小尤是七星机械厂机加车间维修班的骨干维修工，有一手修理机床的绝活儿，无论多难修理的机床，碰到他，保证人到"病"除。但小尤有个毛病——爱占小便宜。

　　一天，厂长到机加车间视察，发现一台车床有异响，对车间主任说：这台车床应该修一修了。车间主任找来维修班长说：下午把那台车床修一修，花多少钱报个账给我。维修班长找来骨干小尤说：马上把那台车床检修一下，花多少钱报个账给我。

　　车床很快修好。

　　小尤报告班长：花去修理费100元。班长向车间主任汇报：修理费花了250元。车间主任对财务处长说：花去修理费500元。财务处长向管理资金的副厂长汇报：机加车间维修车床，修理费是1000元。副厂长向厂长汇报：按照您的吩咐，那台车床已经修好，修理费共计1500元。

　　厂长皱起眉头说：我在机加车间干过十几年，对车床的情况非常熟悉，那台车床有异响，很可能只是坏了一副齿轮，怎么花费这么多钱？你去详细调查一下。

　　副厂长转告财务处长：修一台车床花费1000元，是不是太多了，你查查这是谁在弄虚作假报假账？财务处长转告车间主任：修一台车床花费500元，岂有此理，你要查个水落石出，一定要严厉追究责任人！车间主任转告维修班长：上边说修一台车床花费250元太多，你看一看是不是小尤报假账了？他这人可是有个爱占小便宜的毛病。维修班长找来小尤说：修一台车床花费100元，你有没有搞错？上边要追查这件事呢！

小尤吓一跳，自己原想占点小便宜，多报50元，没想到被上边怀疑了，如今工厂效益不好，千万别因为这事儿下岗。他越想越害怕，一夜未眠，次日一早肿着眼泡儿就去找维修班长检讨说：我把账记错了，修车床实际只花50元。

维修班长对车间主任说：小尤把账弄错了，应该只有80元。车间主任转告财务处长说：维修员小尤把账弄错了，应该只有120元。财务处长向副厂长汇报：维修员小尤把账弄错了，应该是200元。副厂长向厂长汇报：查清楚了，机加车间维修班的维修员小尤把账弄错了，应该只有250元。

厂长在副厂长递来的申请报告上签字：同意报销。又吩咐道：关于维修员小尤工作马虎、不负责任、报错账目一事，不是个小问题，是个人素质、品德问题，一定要严肃处理，国有企业的公款人人都想从中捞一把，这不是挖社会主义墙角吗？照这样下去工厂能不破产吗？

副厂长立即召开紧急会议，参加人员有：财务处长，机加车间主任。维修班长因为级别不够，但也让他来参加，算做列席旁听。副厂长说：维修员小尤弄虚作假报错账，厂长很生气，一定要严肃处理，你们拿个处理办法。财务处长说：厂长这样做是对的，我坚决支持，每个人都想占公家的便宜，工厂不就被这些人掏空了吗？车间主任说：应该严肃处理，前几天人事科下文件要让每个车间报下岗人员名单，我提议就让小尤下岗吧？这种人我们不能再用！副厂长点点头说：就这样定了，我马上去给厂长汇报。

两天后，骨干维修员小尤成了一名下岗工人。

小镇名狗

赖五有条狗，赖五爱牵着狗在禹镇的大街上遛。

那天，迎面撞上一个长长头发浑身上下都是口袋的人——这家伙是位著名导演。

赖五的狗走上电视。电视连续剧40集，赖五的狗与主人公相伴了40集。人们争相传说主人公的命运坎坷，同时也传颂狗的有情有义。

赖五的狗成了名狗。人们希望亲眼看见荧屏下名狗的真实面目，有人还要求和名狗合影留念。赖五头一仰说：可以，不过得收点费。为了和名狗合影人们也不在乎什么费，纷纷掏腰包。赖五看有钱可赚，就租得个场地。凡参观者，每人5元。与名狗合影者，15元。人们以能与名狗合影留念为荣，赖五的腰袋便日渐一日鼓起来。

人们提起名狗，自然会说起赖五，赖五也成了名人。

名人赖五雇了几个工人，又请人为名狗设计一套卧房、一身豪华饰物。赖五对昔日朋友讲单就咱那狗一套卧房、一身饰物，没有两万过不去。

名狗住上舒适房子，戴上豪华饰物，吃上美味佳肴，渐渐地趾高气扬了，稍不如意就冲工人狂吠，工人敢怒不敢打，打狗得看主人面，何况这是名人赖五的名狗，更何况他们还需要靠这名狗挣钱糊口。

一日，名狗与一位小姐合影时，突发脾气，把小姐纤纤玉手咬了。有人就此大做文章，一位主持人还在电视里义愤填膺地提醒观众：名狗之所以出名是因为它演了一部电视剧，扮演了一个讨观众喜爱的角色。如今，名狗无端伤人，已经名不副实，难道还值得我们去爱？

人们非但没有猛醒，第二天，来观望名狗的人比以前又多了几倍。这就是咬伤小姐玉手的狗啊，啧啧！这就是名狗的不同凡狗之处。还有人为名狗解脱。

仍有人和名狗合影，只不过多了一分小心。名狗从参观者眼里，不但看到昔日的那些种偏爱，而且还看到新内容——敬畏。名狗的脾气就更大了。

又一天，省城有个官员来禹镇视察，特意看望名狗。赖五受宠若惊，忙前忙后侍候左右。我也和名狗来张合影。那位官员说。这当然是赖五求之不得的。然而名狗不识抬举，当那位官员双手掐腰，摆出指点江山、激扬文字派头时，名狗忽然旧病复发，毫不客气咬伤了官员一个肥胖的"食指"。

名人赖五受到严厉处分，名狗被关了禁闭。

时过半年，从省城传来消息，某官员因贪污受贿被法办。名狗咬伤"官指"一事重被媒体提起。群情欢动，称颂名狗具备火眼金睛，能看穿某官员的腐败本质，并尽己之能，与腐败分子作斗争。

名人赖五和名狗作为特邀嘉宾被有关部门请去参加晚会，极尽风光。可是，参加晚会之后名狗突然不辞而别，消失在茫茫夜色中。次日，人们找遍禹镇每个角落，也没发现名狗影子。

随着名猫、名鸟、名花的出现，人们渐渐淡忘了名狗，淡忘了名人赖五。

现在，我总能在街上看到赖五牵着条狗遛，他希望再碰上一位长长头发浑身上下都是口袋的人。

顽　症

　　小任拿着调令来A科报到，科长正把腿搁在办公桌上挠痒。小任问：科长，贵体欠安？科长叹口气说：牛皮癣！小任凑到科长的腿跟前，十分仔细地看了又看，还拿手在科长患处摸一摸说：瞧您这疙瘩、这片儿雪花状麸子皮，和我腿上的症状一样。科长问：你也是牛皮癣？小任说：自小就有，打从娘胎里带来的顽症。科长哈哈大笑：咱俩同病相怜，也算有共同语言了。

　　小任急忙点头，一边把自己的调令递过去，一边说：今后我若是有了啥治牛皮癣的秘方，一定也给你提供一份。科长说：那就先谢谢你了。从此小任和科长就有了某种特殊的情分。

　　科长当科员时，腿上就有牛皮癣。皮肤起一层鸡皮疙瘩，顶端有枯痂，像麸子皮。牛皮癣发作时，痒得钻人心脾。科长左拧右转，实在忍不住就捋起裤腿来挠，一挠，痂掉了。再挠，裸出血红的肉纹。挠到酣畅淋漓时，舒服得嘻嘻哈哈，口眼歪斜。科长就一挠再挠，挠得指肚儿都是殷红的血。同事皆不敢视之，更有人私下斥之曰：无修养，影响公共卫生！

　　科长知道大家有意见，但科长顾不得那么多。挠的时候，仰脸扬脖，如入无人之境。当然，那时科长还不是科长。后来科长就是科长了。

　　当了科长的科长，牛皮癣照样发作，发作时，依旧痒得钻心，痒得他魂不守舍。科长把腿搁在办公桌上，一挠再挠，就有同事过来关心领导病情轻重，嘘寒问暖。科长应酬似的答话，他知道他们其实骨子里很讨厌自己这病。

小任常给科长送些药说：效果不错，你也试试。科长很高兴地收下。复方醋酸氟轻松软膏，达克宁霜剂等，或多或少有些效果，却均无法根治。用上，能止几天痒，一停止用药，牛皮癣便复发重来。但科长很感激小任：唯有他才是真正关心我的病啊！

于是，在科长的推荐下，小任作为科里的优秀人才提升了副科长。

这年探亲假结束，小任从山沟老家回来，送给科长一瓶药液。小任说：这是我老爹寻到的秘方，这秘方是从离我家七十里远的大深山里一个隐居的老中医那里得的，用陈年老酒浸泡活蛇，七七四十九天制成。我爹听说你也有牛皮癣这么个毛病，临走时他嘱托我一定要给你带一瓶，这不，你拿去试试。科长很感动，连连说：太谢谢你父亲大人了。科长拿回家抹了半个月，牛皮癣就不见了。再按小任的说法，又加固半个月，科长的牛皮癣竟根治了。

科长退休时，把小任扶到正职的位上。

目前听说，当了科长的小任身上还有一种顽症：香港脚。又听说，新调来不久的处长也有此顽症。据可靠消息，小任已经和处长就香港脚的有关问题做了比较详细的交流。这是后话，不说也罢。

位 置

"科长，您忙呢？"老郑抬头，又一个来办事的人错把他认做科长了。

"您认错了，那位才是我们的科长，我不是。"老郑尴尬地解释，一面偷眼看新来科长的表情。来办事的人愣一愣，诚惶诚恐地调头连连向新来的科长说些"有眼不识泰山、你大人不计小人过"之类的话。

回到家里，老郑在试衣镜前左看右瞧。老婆骂："都半截入土的人，还想照成个风流小子？"老郑摇头，把一肚子尴尬讲出来。"人家当官的都是方面大耳、膀大腰圆，瞧你贼眉鼠眼，枯瘦如柴，谁会瞎了眼认你做领导？"老婆不相信。老郑长叹一声，点起根烟解闷儿。

"别愁眉苦脸的，瞧你那个熊样子，动脑筋好好想一想你最近在科里有啥变动没有？"老婆提醒他。

最近科里老科长退休，办公桌撤走，老郑就近填了老科长坐的空位。这个位置在办公室最里边，背面临窗，往那儿一坐，举目看科里同事竟有一种居高临下的快感，这种感觉使老郑很惬意。他想：怪不得老科长喜欢坐这里。

两天后新来的科长上任，抬来一张新办公桌，老郑说："科长，这是老科长原来坐的位置。我这就把位置给您挪出来，还是您坐这里好。"

新科长一摆手说："现在是什么年代了，哪儿还有那么多讲究，不要挪了，哪个位置不都是一样干工作？"于是让人把他的办公桌随便放在门口的一个地方。

老郑觉得新科长挺爽快、大度，也就不再强求，说实在话，他还真不想离开那个让他感到惬意与满足的位置。

第一次是一个乡镇企业厂长来请求审批报告。"科长，您忙呢？"那人一边招呼，一边毕恭毕敬把一根红塔山递到老郑眼前。

老郑急忙起身解释："那位才是我们科长，我不是。"一边说一边惴惴不安地偷眼看新来科长的表情。

"在这里呢。"新科长毫不在意地招呼。

我这是犯了哪门儿邪了，老郑苦苦思索不得其解。"哎呀，"老婆猛一拍凸脑门大惊道，"老郑，你真让鬼迷了心窍，你怎么能坐科长该坐的位置呢？领导的位置是下边的人随便占的吗？您也不想想，哪个单位哪个领导没有自己的位置？能让一般人随便占吗？"

老郑大悟。次日，老郑无论如何要与新来的科长调换位置。新来的科长宽容地笑着最终拗不过老郑而与他调换了座位。还说："你这个老郑啊，真是太讲究了吧，坐哪儿不都是一样工作嘛！"

奇怪的是，自此，再没出现过外来办事人员错认老郑为科长的事。

花　婆

　　花婆被儿子接到城市来住。儿子担心花婆在家闷出毛病，就让她没事多到街上走走，到大商场里逛逛。儿子给了花婆足够的钱说：妈，你想买什么就买什么，可是一定要注意来往车辆，这个城市平均一天要发生五六起交通事故。

　　花婆抬头看那高楼大厦，觉着头有些眼晕，只好低头，眼睛盯在地上。花婆在小镇捡了大半辈子破烂，她觉得还是低着头瞧地面儿舒服。花婆习惯性地见到可捡的东西就捡起来，回家时，手里总要拿一把破烂儿。

　　妈，你这是干什么？儿子问。这些东西扔了可惜！花婆说。妈，你再看见破烂就装作没看见，这是城市不是乡下小镇，你也不是过去捡破烂的了！儿子语重心长。

　　嫌丢人是不？你十几年的学费不都是娘捡破烂换来的？花婆有点激动。但花婆终究要护着儿的面子，再捡了东西就偷偷拿到附近一家收破烂的小站，换几张崭新的钞票给孙子买糖果。

　　时间长了，花婆发现一个好去处——某单位"干部楼"旁边的垃圾池，那里常扔有许多让花婆看着十分可惜的物件。这天花婆又闲步到此，见那垃圾堆上扔着一条五六斤重的鱼。真是糟蹋钱哩！花婆一边嘟囔，一边伏下身，去剔除那鱼身上的一点腐肉，这一剔竟从鱼肚里剔出一叠钱。正好一个细眼女人走过，看到后不禁"咦"了一声，花婆更是吃惊不小；

大城市啥稀罕事都有，鱼肚里能长钱！

一时间围过来许多人，你一言我一语猜那钱的来头：肯定是有人给领导送礼，拎着鱼，把钱事先放在鱼肚里，那领导粗心，鱼放两天没吃，坏了，就扔出来，没想到鱼肚里会装着这么多钱。细眼女人眼睛一转说：这婆婆，你可发洋财了！

花婆说：不是自己人的钱拿着良心有愧哩！细眼女人朝那幢"干部楼"翻一翻眼皮说：老婆婆真是良心人，你瞧那个要进楼道的胖大嫂，她家爱吃鱼，或许是她家不小心扔出来的。

四周的人也瞧那正往楼道里走的胖女人，发出哧哧的笑声。

花婆拎了鱼拿着钱跟过去，在胖女人掏钥匙开门时，花婆拦住她：大姐，这鱼是您家丢的吗？胖女人扭过头，看住老实巴交的花婆，听她把原委说完。不、不、不。胖女人连连摇头，随后急忙进屋把门关了。

花婆在门外独自立了片刻，扭头见楼道外跟来的那帮人正探头探脑地看她，便想：他们是怕我把钱私吞了，我偏要一家一家把这干部楼问过了，总会找得到这钱的主人吧！

花婆颤着小脚，从一楼问到五楼，又从一单元问到最后一个单元。那些被问的人家都是失色地摇头，甚至有人恶狠狠地在关门之后扔出一句话：哪来的疯婆子，真会作践人。花婆心中纳闷：我好心寻找钱的失主，怎么是作践人呢？

儿子闻讯匆匆赶来，拉了花婆就走。花婆急急地说：这钱不是咱家的，咱不能拿。儿子说：妈，这钱你就是问到那个失主，他也不会承认是自己的。

花婆立住脚，看着儿子一张焦灼恐慌的脸问：为什么？儿子说：别问那么多为什么了，咱赶快离开这座"干部楼"回家吧！

花婆还是想知道：为什么？

定风波

母亲娘家姓方，也算大户人家闺女，因家中兄弟姐妹众多，家道逐渐败落。父亲沈家在乡下算是富农，当初媒人来说亲时，爷爷就有些不大乐意，嫌门户不对。母亲在娘家时就很勤快，挑水、扫地、洗衣、刷碗，什么都干。到了父亲家后，也一样勤快劳作，但这在爷爷眼中，却成了她没有大家闺秀风度的表现。

母亲过门时，也就十六七岁，正是好动好玩的年龄。过门没有三天，邻里的小姐妹唤她："嫂子，上树捋榆钱吧。"母亲答："上就上吧。"三两下便爬到树上，喜得小姐妹们在树下直拍手。这一幕正好被爷爷撞见，他十分生气，便想着法儿赶母亲回娘家。母亲也有所感觉，但因为年纪太小，也不知道自己究竟犯了什么错，为什么所有人对自己都不好？

二姑对我奶奶说："我们得想个法子。"过了一天，二姑拿下一包布料交给母亲说："这里有几块布料，先放你这儿吧。"母亲也没有存什么戒心，就收下了。谁知道第二天，布料就不翼而飞。爷爷把牛拴在家门口，用漆黑的牛皮鞭狠狠地抽打，以此来恐吓母亲。母亲真的吓坏了，躲在屋里直抹眼泪。最后还是村长实在看不过去，出面说话："她一个女娃儿家，回娘家还要渡河，怎么可能偷布料呢？"

碍于村长面子，爷爷才收了阵势。母亲从此以泪洗面，她那时候还受封建思想影响，从一而终，嫁到沈家，就是俺沈家的人，活是沈家人，死是沈家鬼。

　　爷爷要赶母亲走的事传到了我的外爷家。外爷派我的几个舅舅推着车子，将母亲接了回去。从此，爷爷不去接，外爷也不送母亲回沈家。

　　那时候，父亲是铁路上的桥梁工，日本鬼子撤退投降时，炸毁了很多铁路，父亲他们终年在外面修铁路，吃住都在火车上。外爷托人打听到父亲在漯河修铁路，便捎话去。父亲说："那就让她到铁路上来吧。"于是，外爷亲自把母亲送到了铁路工地上。那里有不少带家属的工人，在车厢里用布帘子一隔，就是一个小家庭。

　　爷爷不久却派人来让父亲回去，说家里又给他寻了一门亲，女方家里很有财势，可谓门当户对了。父亲那时只有二十岁，虽少不更事，但说什么也不回家相亲。后来，铁路施工到汉口，我大哥在那儿出生，起名就叫铁生。虽然爷爷不喜欢母亲，但已经有了孩子，生米做成熟饭，只好认了这个儿媳妇。

　　奶奶派大姑、二姑专门到汉口看望她的小孙子。大姑带来了小孩的鞋。二姑打开包，掏出她为我大哥做的衣服。母亲突然发现，衣服的布料就是当年丢失的那块。一瞬间，过去发生的一切她都明白了，是二姑和爷爷、奶奶合演的一场戏，目的是把她赶出沈家。望着那件衣服，母亲气得脸色煞白，饭都不知道怎么做了。

　　虽然母亲始终没说什么，但二姑还是觉察到她的异样，以后来我家就少了。

　　母亲一辈子再没回沈家老宅。

秋菊恩仇录

奶奶说起秋菊来，就说秋菊生个贵人的身子，贱人的命。奶奶自然是见过秋菊身子的。

秋菊的哥哥原本聪明伶俐，很小时候一次在村口玩，脚一滑掉进臭粪坑中，秋菊急得大喊救命，最后终于被捞上来，人却变得痴呆了，长到二十几岁还把鼻涕拉得长长的。秋菊不嫌，总为哥洗衣服，让他干净得像个人样。

奶奶发誓要讨个孙媳妇传宗接代。十里八店的人介绍过十几个，人家闺女一见秋菊的哥哥，二话不说，扭身就走。奶奶难过得抹眼泪，秋菊也倚在门框上抹眼泪。

秋菊倚门框的姿势很好看，媒人们都不住拿眼看她。回头对奶奶说：后吴营有几个小伙都想求你家孙女哩。这使奶奶忽然受到启发：想要娶秋菊可以，但得舍个妹子过来。

奶奶的话秋菊当时并不知道，几日后知道了，人家花轿已经准备来了。男人三十五岁，枣杏脑袋，饭桶腰，眼睛烂得不知道沿儿。这一年，秋菊十七。奶奶说：奶奶对不住你啊，你爹娘死得早，我不能让咱家断了香火，你哥又是那样一个痴脑子，我没得办法，只有舍了你。我看过你的身子骨，你是贵人的身子、贱人的命啊！

秋菊哭半夜说：能给哥讨个媳妇，我认了。

不料，当天晚上，土匪来了。傍晚，先有几匹马在村外趟几圈，村里人谁也没注意。半夜，大股土匪就进村了。洪天贤一脚跺开门，把秋菊惊得一翻身坐起，上半个身子就裸出来了。秋菊立即意识到什么，急忙用被子去遮，已经晚了。洪天贤二话没说，背起秋菊就走。秋菊的身子像一条雪白的美人鱼，从奶奶的眼前划过。

那夜，土匪洗劫了整个村庄。

秋菊做了压寨夫人。洪天贤是土匪们的首领，他对秋菊说：我不强迫你，等你什么时候愿意，就明媒正娶。秋菊说：奶奶说，谁要娶我，就得拿妹子来换。洪天贤说：没问题。三天之后，咏春做了秋菊的嫂子。秋菊的哥哥在洪天贤微笑的注视下急不可待，抱着四肢乱踢的咏春撞进洞房。秋菊在夜里听到有女子撕心裂肺的哭喊，她的眼泪就掉下来。

一年后，秋菊生了个儿子叫洪福。但咏春却没有动静，肚子平平的没有一点鼓起来的迹象。秋菊请江湖郎中（大夫）来诊治，郎中说：不是女方的事，是你哥有问题。奶奶在无望的期盼中死去。

洪福三岁时，洪天贤被杀。刀平扫过去，脖子齐齐地断了。杀人者是咏春的哥哥，他说：你抢走我妹子，让她嫁给一个白痴，你害她一辈子，我只能杀你。咏春的哥哥为给妹妹报仇，在洪天贤手下隐姓埋名干了两年，终于找到一个机会。

咏春的哥哥又挥刀杀了秋菊的哥哥，再挥刀要杀秋菊，秋菊说：我死则死矣，只求别杀我的孩子。咏春哥哥的刀戛然而止。

秋菊带着洪福回到小禹村，靠种二亩地为生。半年后，咏春的哥哥一路寻来，秋菊问：你后悔放了我们娘俩？咏春的哥哥说：我后悔让你离开我。秋菊说：你杀了我丈夫和哥哥。咏春的哥哥说：现在，你可以为他们报仇。咏春的哥哥把刀递给秋菊，然后转身站立。秋菊握着刀举起又放下说：我下不了这手！于是，秋菊家就多了一个顶梁柱儿。

洪福长大后曾做过一任禹县县长，颇有政绩。

粮 杀

赖老七是小禹村一害，小时上树掏鸟窝，下河摸鱼虾，大时坏水不断，扒寡妇门，掘绝户坟。赖老七更是个嘴馋贪吃不要命的主儿，天上飞的、地下跑的，没有他不吃的。小禹村谁家厨房飘香，他一提鼻子就知道，准点儿去叩人家的门，坐在饭桌前赖着不走。村人敢恨不敢言，生怕得罪了这位爷，让他烧了自己家的麦秆垛儿。

村长二柱是大家投票选出来的。二柱为人实诚厚道，办事公平合理。东家有困难，他帮，西家有难事，他也帮。老村长到了退休年纪，村民重新选举，二柱以绝对多数票当了村长。不久，有村人来找二柱说：咱得想办法治治赖老七。二柱说，他又没犯大错误，你能把他抓起来？

二柱的妹子三凤，虽生长在乡下，风吹日晒，但却肤白如玉，秀眉大眼，尤其那双眼，长得水灵灵的，看山山就有了水色，看水水就有了媚态。若看一眼哪个青皮后生，再铁性的男子汉也得动了无限柔情。村人夸三凤是小禹村一朵花，能和画上的人儿媲美。

后村田军和三凤从小在一起玩，两人相互都有些意思，但乡下人含蓄，谁也不好说破，只是眉眼间传递情意而已。

赖老七不管三七二十一，像闻见鱼味的猫，总爱往三凤跟前凑，三凤不理他，他嬉皮笑脸地还要上去搭话。田军看不惯，过来拦阻赖老七，赖老七眼一瞪说：你他妈算干什么的，三凤脸上贴了标贴是你田军的？田军怒火上涌，就要和赖老七动武，被二柱拉开。

二柱是村长，事事总要考虑大局。

夏天，天热，三凤白天干活累了，晚上回家扒两口饭，躺倒就睡，门却大开着忘了关。半夜三凤感觉身上沉甸甸的，她一激灵醒来，见一个人伏在自己身上，她猛力推开，大喊，那人窜窗逃跑。三凤恸哭不止。二柱赶来问妹妹：可看清是谁？三凤说：天黑，看不太清，十有八九像是赖老七。

有凭据没有？

我在他的胳膊上抓了一道血痕。

二柱带着田军等两三个小伙到赖老七家，赖老七正在洗澡。他的胳膊上有一道伤，还在往外浸着血。二柱扭住他胳膊质问：老实交代是不是你干的？

我干什么了？赖老七反问。田军几个人早扑上去暴打，打得赖老七哭爹喊娘、满地找牙，但赖老七死不认账，还反咬一口说：二柱你干村长，还讲不讲王法了？

二柱拦住说：算了，没凭没据，打死人算怎么说？

那三凤就白白让他作践了？田军吼。

恶有恶报，会有报应的。大柱说。

众人回到二柱家，三凤已经上吊，赶快放下来，二柱伸手在她鼻孔下，发现早没了气息。

田军冲进厨房提一把菜刀转身往外走。二柱一把拉住问：你干吗？田军说：我杀了赖老七。二柱扇了他一耳光说：你想蹲狱是不是？田军就蹲在地上伤心地哭。二柱拍拍他的肩说：会有报应的，时候不到！

二柱、田军埋了三凤。从此，有事没事，田军总爱一个人到三凤坟上坐一坐，和三凤说说心里话。二柱碰上了，心里也难受，就说：好兄弟，看咱村有合适的，我给你做个媒！田军说：二柱哥，我心里只有三凤，再放不下别人。二柱听得扭过脸去，他不愿让田军看到自己掉眼泪……

一连三年，禹州大旱，地里庄稼颗粒无收，人们饿得吃野草啃树皮，禹州一带因饥饿而死的人不在少数。小禹村同样未能幸免，有老人饿死了，小孩子饿得皮包骨头，连青壮年汉子也饿得躺在床上不想动。村头两棵枣树，树皮不知何时被谁剥得光光的。

有一天，县里忽然来通知，要小禹村派人去镇上拉粮食——每村一车红薯片。赖老七争着要去，大家都不同意。田军说：让那个杂种去，走到路上红薯片就让他吃光了。二柱想了想说：让他去吧。村里人都想不通，说二柱憨，妹妹都让这赖老七害了，还让他去做这肥差，凭赖老七那嘴馋的德行，红薯片非让他独吞下大半不可。

二柱好像没听到村人的议论，对赖老七说：路上小心，早去早回，大家盼着回来分吃呢！

赖老七是掌鞭，赶着牛车到镇上，拉了小半车红薯片。那时赖老七早饿得和狼差不多，看到红薯片比见到亲爹还亲。赖老七一路走，一路吃，吃得酣畅淋漓，吃得赛过天上神仙。快近村时，他早已经吃了个肚儿圆，口里只感到饥渴。在村口黑水河里扎脑袋进去猛喝，"咕嘟咕嘟"恨不得要把黑水河的水喝干。

红薯片是晒干的，遇水就膨胀，赖老七回村不久，大喊肚痛。他仰面躺在地上，那肚子越鼓越大。如果有人拿针去一刺，它立即就会"呼"一声爆炸。

赖老七最终活活给胀死了。

村人说：这就是恶有恶报，人不杀他天杀他！

那天夜里，田军又像往常一样独自去三凤坟上。夜影里远远看到一个人站在三凤的坟前。

那人正是二柱。二柱在三凤坟前说：哥并没做犯法的事，是他自己杀了自己。你的大仇，哥终于给你报了，三妹，你就安息吧！

我是骗子

骗子将一件T恤穿在身上，T恤背后写着几个鲜艳的大字：我是骗子！

骗子走在大街上，感到许多人看着他笑，有的抿着嘴乐，有的咧着嘴乐，有的捂着嘴偷着乐，还有的指着他哈哈大笑……骗子在大家的笑声中勇往直前，越走步子迈得越轻盈。

骗子去应聘，拿着北大MBA工商管理硕士证书，招聘的人说：我们正缺一个部门总经理，你能来填补这个位置我们太荣幸了。骗子扭过身说：我的背上写着我是骗子，你没看到吗？招聘的人笑一笑道：真不愧是北大的MBA，开玩笑的水平都是MBA级的。骗子说：实话告诉你吧，这本MBA证书是我花1000元在北大南门买的假文凭。招聘的人哈哈大笑：先生可真有意思呀！然后一本正经地悄声问：你是否觉得部门总经理的位置对你来说是大材小用了？请放心，下一届公司总经理人选我们决定推荐你了！

骗子约会一个女孩。女孩子很清纯，是刚走出校园不久的研究生。骗子说：认识你很荣幸！女孩说：能和你约会很荣幸。骗子说：你相信我是将军的儿子？为什么要相信呢？女孩说：我为什么要不相信呢？骗子扭转身说：你看到了吗？我的背后写着我是骗子呀！女孩子笑弯了腰说：你们这些高干子弟真是会开玩笑！世上哪有骗子说自己是骗子的呢？骗子认真地说：你想请我帮你解决一个北京户口是吗？女孩子点头说：是的，当然，我很愿意跟你成为零距离的朋友！骗子轻轻一笑说：好吧，我答应你了，我在"骇斯呢"五星级宾馆开了个房间，你愿意与我共度一个浪漫的周末吗？女孩子脸一红说：我，我愿意听你的安排！

　　骗子在一家五星级宾馆接见一位外地企业家。骗子戴着墨镜，庄严地坐在太师椅上。企业家被带了进来，恭敬地冲骗子一揖说：部长先生，能受到你的亲自接见我感到万分荣幸。骗子点点头说：你怎么肯定我就是部长呢？你不怕我是冒充的部长吗？比如说，我是个技劣的演员？企业家说：部长先生你真会开玩笑，谁敢冒充你的大名在社会上招摇撞骗！骗子扭身说：你看一看我的背后，那上面可是明明白白写着我是骗子呀！企业家激动得脸都红了说：没想到部长这么平易近人，刚见面就和我开这样的玩笑了。骗子叹口气说：好吧，既然你那么相信我，就先在我的账户上汇入三百万，然后回去听我的消息吧！企业家连连点头说：好好，我这就去银行给你汇钱！我们的事让部长多费心了！

　　骗子在城市里畅通无阻，心想事成，生活如鱼得水。骗子不久就有了豪宅，有了权势，有了香车和美女。骗子还被邀请到电视台"名人茶坊"、"真诚面对面"、"周八喜相逢"等栏目做客，一帮文人争相为他写传记、出书，骗子的品牌就是他的那句经典的话——"我是骗子"……

　　忽然有一天，骗子吃惊地发现：大街上越来越多的人穿上了T恤，在他们T恤的背后同样写着：我是骗子！骗子冷笑道：真是蠢人啊，这都已经是我玩剩下的了！很快，骗子换了一件T恤，T恤的背后写着：让骗子见鬼去吧！骗子为此召开了一个新闻发布会，骗子对那些拿了他红包的大小记者们说：因为社会上骗子太多，所以我们呼唤真诚，呼唤信誉，每一个人都应当光明磊落，坦诚以对，我们绝不应该给那些自称为骗子的人提供任何生存空间……

　　直到现在，骗子还活得很好、很好。不信，你瞧呀！

同学凶猛

大学同学林子怀，中等个儿，浓眉细眼，说话声儿不大，不紧不慢，貌不惊人，走进人海您很难再寻到他。但林子怀有一身好功夫，据说自小跟爷爷闻鸡起舞练的。学校组建武术队，他就成了队长。那年，古都十所高校大比武，林子怀轻松拿下第一名，从此"功夫林"名扬全校。

林子怀天生不善表现自己，所以平常大家并不太注意他。夏天喝啤酒，别人要想打开得找专门开启的工具，实在找不到，就用筷子或牙齿，或者在桌沿儿上磕。"功夫林"不声不响拿过酒瓶，只用两个手指轻轻一弹，那瓶盖就"叭"一声飞了。喝到高兴时，大家纷纷卡拉OK，"功夫林"说：我不会唱歌，就表演个节目吧。一个空酒瓶，他夹在胳肢窝里"嗳"一用力，瓶就裂了。

一次，和"功夫林"去食堂打饭，大伙儿排队购买，轮到我了，突然从外面跑进一身高马大的同学，横挡在我前面伸碗儿就打饭。我侧目看看他，这家伙体壮如牛，自己还是"多一事不如少一事"，忍了吧。但站在身后的"功夫林"路见不平，伸胳膊拍了拍那大个儿的肩说：这位同学，去后面排队行吗？

大个子扭头怒目而视，口中不甚干净地说：你干吗呢？多管闲事想打架吗？"功夫林"也不急，摆摆手说：你厉害得很，你打饭吧。我忍不住对大个子说：朋友，知道和你说话的这位是谁吗？大个子说：他是谁关我什么事？谁碍我事儿我就敢"脆"谁！我说：恐怕十个你也"脆"不了他，他是林子怀。那大个儿当即吓得一吐舌头，连连说：林哥，实在对不住您，我这就到后面排队去。

大学毕业，一晃就是十多年。我做了一家公司的老板，因为一家私企黄老板拖欠数十万货款，造成公司资金运营困难，我多次前去索要无果，十分头痛。

2002 年春，多年不见的"功夫林"忽然到北京来看我，听说此事后说：小事一件，交给我吧，但如果事成我要10％。于是，林子怀陪我同去要账，黄老板依旧用老办法，好言以对，好酒招待，但就是不提还钱的事。我因为心中有事，酒喝得就有些多了。林子怀开始并不怎么喝酒，也很少说话。黄老板不明白我为何要带这么个人来，便有意试探说：吃了这半天，这位朋友怎么不喝呢？"功夫林"开口了：喝酒是一定要喝的，但什么事情总得有个说法。大家都是在社会上混的，遇事总得讲究个规则，是不？

黄老板点头说：是，啥事都讲个规则，喝酒也要讲规则，我们都喝了几大杯了，你怎么一杯也没喝完呢？

"功夫林"冷冷一笑说：喝，我现在喝也不晚嘛！说罢，一仰脖儿把一杯酒全喝了。

旁边的服务小姐上前倒酒，突然发现"功夫林"手中的酒杯掉了一块。"功夫林"看看我，又看看黄老板说：黄老板，你瞧，这杯子怎么这样不结实呀？

我暗自一惊，黄老板也是一愣，急忙吩咐再换一个杯子。新杯子拿来，"功夫林"冲黄老板一揖道：这一杯烦请黄老板亲自给我斟如何？

好、好。黄老板倒了满满一杯。

林子怀仰脖儿又喝了，再看杯子，又少一块。原来"功夫林"在喝酒的同时，将杯子咬下一块嚼了咽下肚去。

一旁的服务小姐吓得花容失色，在座众人也大惊。我目瞪口呆，和林子怀同窗四载，竟不知他还藏有这一手。黄老板好半天才回过神来，望望一旁不语的我，又望望"功夫林"那带着杀机的微笑，好像忽然明白了其中奥妙，抽个间隙，将我拉到一个偏静处说：唐老板，关于那笔货款实在不好意思，我明天就想办法将款汇还给你！请问你带的这位朋友他，他是何方人士？

我看着直冒冷汗的黄老板，借机造势说：我的大学同学，拳脚功夫很好，是个不要命的主儿。

数十万欠款如此轻易讨了回来。我在庆功楼酒家为老同学摆酒庆功，"功夫林"面带微笑一伸手说：咱老同学在喝酒之前先得把话说了，你的数十万欠款如今已全部进账，按规矩你要尽快把我的那部分款划到我的账户上哟……

乡间狗事

村长去一趟乡里,回来就抱了一条狗,狗与一般的小狗崽儿没多大区别,但村长说:不一样,这狗是德国产的,1万多块哩!乡里不让养狗,乡长就把狗放在村长家,让它躲过这阵风。村长老婆给狗起了个名儿——乡长狗。村长说,人家有名,叫克鲁斯贝。村长老婆说:多绕口!还不如叫乡长狗顺口。

村人听说了,纷纷赶来,都想亲眼看一看价值一万多块钱的德国产乡长狗。村长也不拒绝,这一来全村人都知道他村长有强硬的后台——乡长,这理论是小秃头上的虱子——明摆着!乡长的狗的确很大气,很有风度,在众多充满惊奇、敬意的目光面前显得从从容容,在村长家的小院里来来回回踱步,不时"汪、汪"几声,和村人们算是打了招呼。

二楞家养着一条大狼狗,骨架奇大,威猛无比,几经搏杀,成为村中的狗王。然而乡长狗到来不久,也就是在大狼狗数次去村长家院外窥视之后,大狼狗便主动将狗王之位让给了乡长狗,自己心甘情愿做它的侍卫。村狗们搞什么活动,乡长狗总是昂首阔步走在最前边,大狼狗紧随其后做护卫状。村人皆笑:狗比人还有意思哩!村长说:奶奶的,狗比人还势利眼儿。

二楞在县城打工,回来听说村里的"狗事"后,很生气。原来大狼狗在村里狗群中称王称霸,很让二楞觉得长脸儿,如今大狼狗的所作所为则令二楞很没面子。县长比村长还大哩，它乡长狗怎么就如此牛逼哩？二楞心里有气，拿棍子将大狼狗狠揍一顿，棍棒都打折了。二楞一边打一边骂：奶奶的，瞧你那熊样儿，一个小小的乡长狗就把你镇住了，真是没见过世面的东西！

躲过风声，乡长从乡里来要把乡长狗接走。乡长看着养得膘肥体壮肉乎乎的乡长狗，十分满意，拍着村长的肩说：谢谢你的关照，我不会忘记你的！村长点头哈腰说：这是俺应该做的。村长想请乡长到村办帝豪大酒店吃个便饭，乡长说：算了吧，现在都讲廉政呢，不能大吃大喝，我还是回乡里吃吧。

乡长刚走出村长院门，就是一愣，只见一条大狼狗带着数十条村狗，虎视眈眈地望着他。村长把眼一瞪喝问：谁家的狗，在这里要干什么？还不快各自领了回去。村民们一阵吆喝，各自看住了自家的狗，乡长这才抱了乡长狗坐进乡长车里，车屁股冒股烟，离开村长家。刚出村跑上大路，忽然，斜刺里窜出一条大狼狗，拦住去处，狗势凶猛，冲乡长车就是一阵狂吠。乡长狗突然窜出乡长怀抱，跳离小车，奔向大狼狗。

乡长下车要抱乡长狗回去，大狼狗猛扑上来，毫不客气地在他大腿上啃了一口。村长带人赶到时，只见乡长捂着大腿躺在地上直哼哼，大狼狗和乡长狗早已不知所踪……

大狼狗再在村中出现是数月以后。它身边还有两条狗，一条村里人都识得，就是那只大名鼎鼎的乡长狗。另一条眉眼与乡长狗十分相像，但骨架气势却与大狼狗十分一致，好像是他们的下一代了。

鱼的 N 种吃法

1

鱼端上来了。寇主任说：小姐，你可看好了，这鱼头要对准我们的贵宾呀！小姐伶俐聪明，拿眼一扫就知道哪位是这一桌上的重要人物。小姐很从容地摆正鱼盘。寇主任拍手说：好、好，小姐有眼力，关键是咱们局长一脸贵人相，所以小姐才认得这么准，局长你先动一动筷子吧！局长拿起筷子说：吃，大家一起吃！

你先动一动筷子我们才能吃呀！寇主任强调说。

局长拿筷子在鱼尾上夹了一块肉，众人才纷纷举箸随行。寇主任说：瞧局长你这一动筷子，就知道你家祖上是富贵人家、衣食无忧。哦，何以见得？局长饶有兴趣地问。

寇主任说：我给大家讲个故事吧。从前土匪绑票，将绑来的"票子"先饿上三天，不让吃饭，只给水喝。第四天，土匪在"票子"面前摆上一尾烧好的香喷喷的鱼。土匪瞪大眼看着"票子"拿起筷子去夹鱼。如果这"票子"先吃鱼尾，那么就断定他家一定是富贵之家，可以多敲诈一笔钱财，为什么呢？富贵人家吃鱼都讲究吃法，而鱼尾是最有营养的部分，天长日久他们就会养成习惯，先吃最有营养的部分。如果"票子"先吃鱼腹或鱼头，那就是一般人家，没油水可捞，将他臭揍一顿放人。

是吗？哈哈，有道理。局长点点头。

真的呀！众人也都点头附和。

2

吃，吃鱼！部长拿筷子在鱼腹部位夹起块肉，众人举箸随行。

寇主任说：瞧部长你这一动筷子，就知道你出身富贵之家！

哦，何以见得？部长饶有兴趣地问。

寇主任说：我给大家讲个故事吧。说从前土匪绑票，将绑来的"票子"先饿上三天，不让吃，只给水喝。第四天，土匪在"票子"面前摆上一尾做好的香喷喷的鱼，让这个"票子"来吃。土匪瞪大眼看"票子"拿起筷子如何去夹鱼。如果这"票子"先吃鱼腹，那么就断定他家一定是富贵之家，为什么呢？富贵人家吃鱼都讲究吃法，而鱼腹是最有营养的部分。天长日久他们就会养成习惯，先吃最有营养的部分。如果"票子"先吃鱼尾或鱼头，那就是一般人家，没油水可捞，将他臭揍一顿放人。

是吗？哈哈，有道理。上级领导点点头。

真的呀！众人也都点头附和。

3

吃，吃鱼！厅长拿筷子在鱼头部位夹起点肉，众人举箸随行。

寇主任说：瞧厅长你这一动筷子，就知道你出身富贵之家！

哦，何以见得？厅长饶有兴趣地问。

寇主任说：我给大家讲个故事吧。说从前土匪绑票，将绑来的"票子"先饿上三天，不让吃，只给水喝。第四天，土匪在"票子"面前摆上一尾做好的香喷喷的鱼，让这个"票子"来吃。土匪瞪大眼看"票子"拿起筷子如何去夹鱼。如果这"票子"先吃鱼头，那么就断定他家一定是富贵之家，为什么呢？富贵人家吃鱼都讲究吃法，而鱼头是最有营养的部分。天长日久他们就会养成习惯，先吃最有营养的部分。如果"票子"先吃鱼尾或鱼腹，那就是一般人家，没油水可捞，臭揍一顿放人。

是吗？哈哈。有道理。厅长点点头。

4

后来，寇主任退休了。因为在职时养成的习惯，退休在家的寇主任每天中午还要喝酒。不陪人、也没人陪了，寇主任就自斟自饮，自得其乐。

一日新女婿上门，寇主任自然酒席招待。端上鱼，女婿想表现一番，说：爸，这鱼有几种吃法，你可想听一听？

寇主任说，什么吃法不吃法的，那都是扯淡。一样的话，反过来说是它，正过来说还是它，说来说去说白了，就是变着法子讨领导一个高兴，我这一辈子全凭着这张嘴胡说八道混饭吃，现在想来，没干成啥事业，有什么意思呢？希望你不要学我，不要只耍嘴皮子，要学点技术，做点事业，做出点成绩，这样等你老的时候才不会后悔呀。

真假文凭

漂亮的女秘书进来报告：董事长，外面有位李逵先生要见你。

李逵？不见！李鬼连连摆手：告诉他我到美国出差了。李鬼如今是李鬼现代专业培训科技有限公司大老板，头发梳得油光锃亮，豪车、名表一应俱全。

出你娘个头！随着话音，李逵大踏步闯进来。

李鬼一愣，硬着头皮堆出笑脸：逵哥，多年不见，一向可好？

生意不错啊，都做到俺水泊梁山了。李逵说。

逵哥，您夸我还是骂我呢？李鬼说，实不相瞒，林教头的英国克莱登大学博士文凭是在我这里花8000元买的，武松的北大MBA文凭花了7000元，花和尚的人大本科文凭花了5500元。逵哥，看在你我多年前的交情上，免费送你个清华研究生文凭，它的市场价最低是7600元。

去你娘的！李逵一掌打得李鬼满地找牙：少啰嗦，跟俺上水泊梁山把事说清楚。说完，像拎小鸡似的提起李鬼脖领儿转身就走。

事出有因：水泊梁山智多星吴用因病离休，玉麒麟卢俊义长期养病在家，梁山核心领导层急需补给新生力量。宋江考虑再三，发布一条公告：在梁山官兵中招募英才，所有人员均可报名竞聘，但每个竞聘人员至少要有本科以上学历。很快豹子头林冲、打虎英雄武松、青面兽杨志、花和尚鲁智深都递交了竞聘书。李逵感到很纳闷：公告要求本科以上学历，这几

· 199 ·

位我和他们相处多年，他们肚子里那点儿墨水我还不清楚！林冲最多算个大专水平，武松、杨志只有高中水平，最可气的是鲁智深，连小学文化都不到！这其中肯定有猫腻！李逵私下里找来鼓上蚤石迁，石迁笑道：逵哥有所不知，林冲的英国克莱登大学博士文凭，武松的北大MBA文凭，花和尚的人大本科文凭，都是从中关村一个叫李鬼现代专业培训科技有限公司买来的。什么？李逵听到李鬼这两个字就大怒：李鬼他娘的是什么鸟人，从他那里搞来的东西肯定不是什么好货！走，你我分头行动，这就去查他个水落石出……

梁山聚义大厅里，一百多位好汉分坐两侧。李逵将李鬼扔在大厅中央，冲诸位兄弟拱手道：俺近日下山打假，现将造假分子擒拿回来。

林冲看到李鬼，心中一惊，急忙上前说：这不是李鬼董事长吗？逵哥为何将他擒来？难道他又冒您大名拦路抢劫了？

林冲，你休要明知故问，李鬼卖假文凭，你不清楚？李逵反问。

武松起身离座：我可以作证，李鬼做的都是正当生意，我、林冲、鲁智深、杨志等兄弟皆是经过网校培训在他那里取得的文凭，逵哥休要胡乱猜疑。

鲁智深冷笑道：逵哥这些年只顾大鱼大肉沉湎于烟酒，荒废了学习，如今看我们个个取得了文凭，是不是眼红、嫉妒了？

李鬼眼见众人替他说话，胆量大增：宋哥，俺李鬼当年确实曾假冒逵哥做过坏事，但我早改过自新，现在我开办公司，培训各类高级专业人才，林冲、武松、鲁智深等诸位兄弟通过自身刻苦努力在我那里取得文凭，都是货真价实的，请宋江哥哥主持公道，恢复我的名誉。

宋江沉吟片刻道：李逵，你说李鬼造假，林冲等人的文凭是假文凭，有何证据？

这个——，李逵一时无话可对，心中后悔，当初在中关村如果悄悄录下李鬼的话语，也不至于现在被动。

好了，宋江郑重道：林冲、武松等人积极学习，不断提高自身素质，这种与时俱进、紧跟时代步伐的精神值得表扬和提倡，现在我宣布通过全面考核，符合条件并最终被录取的是——

且慢，随着话音，从外面闯进两个人。前面一位是鼓上蚤石迁，后面一位大家都不认识。石迁冲宋江及众人拱手道：我来介绍一下，这位就是著名的打假猛将孔先知博士。

众人都吃一惊，孔先知是著名的打假英雄，天下无人不知，无人不晓。宋江拍手道：欢迎孔博士到来，梁山现在正需要一位能鉴别真伪的专家，但不知孔博士有何良方识别真假文凭？

孔先知说：我对李鬼和他的公司做了充分的调查，他这些年在中关村一带做生意，表面上做专业培训，实际是一个造假公司，不仅造假文凭，还造假发票、假钞、假身份证……为此，我发明了一种真假识别仪，无论何种证件在它面前，假的亮红灯，真的亮绿灯。说着孔先知从口袋里掏出一件手机大小的仪器，从另一个口袋掏出两个文凭：这个是真清华文凭，那个是暗访记者从李鬼那里购得的假清华文凭，你们看——

果然，真文凭放在仪器上，绿灯闪亮，假文凭放上后，红灯闪亮。

孔先知道：宋先生及众位好汉，请不要怀疑它的可靠性，目前这种真假识别仪已通过国家3C认证，并在质检和工商系统得到广泛应用……

百万富翁的诞生

哲人和财富之神一起在中天散步，脚下是人间忙忙碌碌的芸芸众生。低头俯瞰，哲人问：凡尘俗子，劳碌奔波，或权或利或名，最终逃不过一个字——钱，依您之见，如何才能成为一个百万富翁呢？

伟大的哲人，如此简单问题还用问我吗？财富之神永远都是一副笑眯眯模样。作为主管人间财富的大神，您一定有自己的独到见解，我非常愿意俯耳聆听。哲人执著地说。

那好吧，让我们先看看一个百万富翁的诞生过程。财富之神说着，从口袋里掏出一张支票，那上面已工工整整地填好了——一百万元。财富之神将支票掷下尘世——某条繁华的大都市街。落地的刹那，哲人突然发现，百万元支票早已变成了一分硬币——一枚小小的钢镚儿。硬币静静地躺在那里，来来往往的人们，几乎都可以看到它……

有个西装革履中年人走过来，他的脑门微微有些秃，已有"地方支持中央"的趋势。他边走边打手机，脚从那枚硬币上踩过，他扭头看了看，继续在手机中与对方努力争取着什么。财富之神说：看到了吗？他从早到晚不停地拼命挣钱，却对眼前的机会视而不见。

一位打扮入时的女子走来，她看到那一分钱了，还用美丽的皮鞋尖儿踢了它一下。臭分币，别挡我的道儿，她自言自语：财富之神啊，求求您，何时才能让我得到梦中的一百万呢！遗憾的是她并没弯腰去捡，否则她就是一个百万富婆了。哲人说：她只会用嘴祈求，却不会用心去发现。财富之神摇摇头，什么也没说。

有位小伙子一蹦一跳走过来，口中还哼着歌。忽然，他停下来，弯腰，用食指和拇指夹起了那枚分钱。他就这样成了百万富翁？哲人惊诧得张大嘴巴。财富之神微眯着眼若有所思：世上太多的人瞧不上小钱，又挣不来大钱，结果一生碌碌无为，无法成为百万富翁。

然而，哲人和财富之神不约而同张大了嘴，只见小伙子胳膊潇洒地一挥，那枚硬币在阳光下闪烁一个美丽的弧线，被抛向了远处。混蛋，别挡我发财的路。小伙子说。他不知道自己已经毁掉了成为百万富翁的前程。

那枚被踩踢、抛掷已变得肮脏丑陋的硬币落在了两个小孩子面前。粗眉细眼的孩子弯腰小心地捡起它来，大眼睛孩子不屑一顾地说：一分钱能干什么？快扔了吧。积少成多，只有珍惜每一分钱才能成为百万富翁。粗眉细眼的孩子郑重地说。他把那枚硬币擦了又擦，放进口袋里。我的储蓄罐里已存很多硬币了，都是我平时积攒下来的。

等到家时，这个孩子就会发现，自己口袋里的一分硬币已变成了一张百万元支票。财富之神舒缓地对哲人说。百万富翁就这样产生了！哲人叹道。

你们在谈论什么呢？一个洪钟般的声音从他们背后传来。原来是能前追五百年、后知五百年的千里眼神。哲人把刚刚发生的一切简单讲述了一遍。是那个粗眉细眼的孩子吗？千里眼神问。财富之神肯定地点点头。

让我好好瞧一瞧他，千里眼神拢目细看，少顷拍手道：这孩子不是一般人，36岁时他就成了亿万富翁，后来又步入政坛，带领一国百姓致富奔小康，更可贵的是，他造就了那个国度数不清的百万富翁。

致命的预言

女儿四岁多，每天我骑自行车送她去上幼儿园。

从我们家到幼儿园的途中，要经过一片宽阔的绿化园林。那里有树、有花、有蝴蝶和小鸟。女儿很喜欢那片园林，路过时常要求停下来看一看，或者在路边采一朵无名的小花，当宝贝似的捧在手里，嗅了又嗅，爱不释手。

然而，不知何时，这片园林被摧毁了，取而代之的，将是一座花园式写字楼。每天进出这里的是建筑工人，是各种各样的工地用车。那座花园式写字楼也由无到有，一天天茁壮成长起来。女儿再路过那里时便显得很伤心，故意别过头去看也不看那正在建设中的写字楼。

直到有一天，坐在我自行车后面的女儿突然说：爸爸，那幢楼下雨要倒的！我这时候才注意到，那幢写字楼已经快要封顶了。我说：小孩子不要胡说，那幢楼多结实啊，怎么会倒？

女儿也不争辩，开始唱她最喜欢的儿歌：长亭外，古道边，芳草碧连天……再路过那片园林时，女儿又说：爸爸，那幢楼下雨要倒的！我批评她说：小女孩不能这样说坏话的！女儿不争辩，仍然唱她喜欢的儿歌：长亭外，古道边，芳草碧连天……

女儿第N次说那句"爸爸，那幢楼下雨要倒的"时，终于引起我的重视。我决定给那座花园式写字楼的建设负责人提个醒。其实，我和这幢写字楼的建筑商周质坚董事长还算是认识。在很久以前，我曾经专访过他，周质坚大谈质量管理之道，他说：质量就是生命，质量是一个企业生存的基本，没有质量保证，房子会倒塌，无辜者会被砸死，商品房会卖不出去，开发商会因此破产……我为此专门写了一篇报道，标题是《周质坚董事长的质量观》。

我与周董事长通电话，扯了几句"天气很好、工作还忙吧"的话后，我问他现在正在建设的那幢花园式写字楼质量如何？周董事长对我很客气，认真回答说：质量肯定没问题，我以我的名誉来担保。然后周董事长又小心地问：是不是有人向贵单位举报我这幢写字楼偷工减料了？我急忙解释说：没有。并颇不好意思地讲了我女儿关于那幢楼预言的事情，强调说：我的女儿再三说到"这幢写字楼下雨会塌的"。

周董事长哈哈大笑：亦记者，你怎么会相信一个四岁多孩子的话呢？

我说：刚开始我也不相信，可是后来，她每经过你开发建设的这幢写字楼，都要重复说这句同样的话，我心里就有些怀疑了。曾经有迷信的说法，小孩子在12岁前天眼没有闭合，所以有些未来发生的事情她们现在就能看得到！

周董长又哈哈大笑：亦记者，你是有知识的文化人，如何也这样迷信？对不起，我马上要开董事会，咱们改日再聊吧！

放下电话，我也忍不住笑自己，小孩子的话如何能当真呢！

我依旧每日接送小女儿去上幼儿园。在经过那座正在兴建的花园式写字楼时，她还会说那句话："这幢楼下雨时会塌的。"我已习以为常，不再放在心上了。

后来，在一个关于建筑质量的论坛上，遇到作为贵宾出席的周质坚，我忍不住与他重提女儿的预言，周质坚显然有些不高兴了，他说：亦记者，你是不是缺钱了，想变着法儿从我这儿拿些广告费？我这里小钱不缺，你要多少广告费尽管开口，但不能这样编不着逻辑的故事啊！

我连忙说：周董事长你误会了，我是担心等写字楼盖好，大量的公司入驻办公时，因为质量问题突然坍塌，那时后悔也来不及啊！只要你盖的那幢写字楼质量没问题，我就放心了。

周董事长说：亦记者，我拿生命担保，这写字楼质量绝对没问题。你若不相信，等写字楼竣工剪彩时，我请你来看一看我获得的优质工程证书！

花园式写字楼9月30日竣工。9月29日，周董长来电话邀请我次日参加剪彩仪式，我爽快答应。可是到了晚上，天气预报说"明天有小到中雨"，我忽然想起女儿的预言"这幢楼下雨要塌的"，暗自一惊，仿佛看到那幢写字楼在雨中倒塌的可怕一瞬。宁可信其有，不可信其无，我越想越害怕，于是急忙给周董事长打电话：我明天要参加一个非常非常重要的新闻发布会，对不起，不能参加你的竣工仪式了。

9月30日一早开始下雨，我送女儿去幼儿园后，赶回家写一篇无聊的稿子。大约10点时候，手机响了，新闻部主任急呼呼打电话来，xxx地方一幢刚竣工的写字楼突然倒塌，你立即赶赴现场采访。我的脸刹那间变得苍白，因为主任说的那个地方，正是我送女儿上幼儿园要路过的那处花园式写字楼所在的位置。

我冒着雨急匆匆赶到现场，一座刚建成的写字楼倒塌了一大半，许多人正在那里挖掘救助。一位熟识的晚报记者告诉我，竣工仪式刚开始，周董事长没讲两句话，楼就突然塌了，一根水泥檩条直砸下来……我问：周董事长人呢？晚报记者说：在水泥檩条下，具体位置还不太清楚！

我取出手机，输入周质坚董事长的号码。半分钟后，我听到手机的回响。那声音来自一片废墟下面……

小葱拌豆腐

父亲最爱的一道菜,是小葱拌豆腐。

下班回来,母亲微笑着问:想吃什么菜?父亲一摆手说:小葱拌豆腐。时间长了,母亲便不多问,只要父亲在家,饭桌上就必定有小葱拌豆腐。

不明白父亲为何如此喜欢吃这极寻常的菜,有一次我问父亲:为什么?父亲微微一笑说:你瞧,这青的是小葱,白的是豆腐,小葱拌豆腐——一清二白!我希望自己清清白白地做人。

父亲是一家国有企业的领导,他从最基层起步,做过车工、班长、车间主任,一路又做过生产副厂长、书记、厂长。父亲的口碑在那家企业一直都很好,他爱吃小葱拌豆腐的事,在厂里广为流传。

大学毕业后我回到父亲所在的工厂,那时劳累过度的父亲已因病提前退休。在车间实习一年,我被分配到销售处当科员。没想到我们的主管周领导也特别喜欢小葱拌豆腐。第一次不知是何原因,我有机会与周领导一起用餐。点菜自然是周领导先点,他看也不看菜谱,脱口而出说:先来一盘小葱拌豆腐!葱不能用老葱,要特青特青的嫩葱,豆腐要南豆腐,嫩白嫩白的那种,不合要求我不给钱啊!周领导讲这话时,声音洪亮,态度严厉,令旁边的服务生望而生畏。我们处长解释说:这是咱们周领导最喜欢的一道菜,小葱拌豆腐——一清二白!

周领导知道我父亲是谁后，很激动地拉我坐在他身边，拍拍我的肩说：我这个习惯是从你父亲那里继承来的。你父亲为人光明磊落，一清二白，没有丝毫贪污腐败，令人敬仰。我能有今天，还得谢谢你父亲的提携啊。

回家说起周领导，父亲点头说，他和我一样，爱吃小葱拌豆腐，可以看得出这是一个正直清白又无私的人。周领导官居要职，不但掌管着企业生产大权，还掌管企业采购大权，每年经他签字进出的款至少上亿元。因为周领导兼任销售部门主管，虽然能和他共同进餐，但机会并不多。每一次与周领导共同进餐，大家请他选菜时，他总是看也不看菜单就说：先来一份小葱拌豆腐，葱不能用老葱，要特青特青的嫩葱，豆腐要南豆腐，嫩白嫩白的那种，不合要求我不给钱啊！当他点这份菜时，我就想起已退休在家的父亲。

光阴荏苒，一晃三四年过去。初秋一天，突然两辆警车停在办公大楼前，几个大盖帽将周领导带走了。不久传来消息，周领导利用职务之便，贪污挪用公款3000余万；曾到南方某城赌博，一次输掉公款200多万；在某沿海城市，他还养着一个20多岁的"二奶"……

和厂里许多人一样，我非常震惊。回去告诉父亲，父亲黑着脸说：再狡猾的狐狸早晚也会露出尾巴的，想不到他竟然把假戏演到了小葱拌豆腐上，都怪我有眼无珠！

吃饭时候，面对餐桌上那盘小葱拌豆腐，父亲没动一筷子。

从此，父亲再不吃小葱拌豆腐。

因为有爱

一个大雪欲来的黄昏，我正在院子里挥舞着竹棍昏天黑地地"歌唱"，一个衣着龌龊的老太太走进来。她的头上戴着一个肥大的帽子，几根稀疏的头发草一样搁在脑门前，像核桃壳般多皱纹的脸上一双浑浊的眼睛呆呆地望着前方。她见到我，在门口愣了片刻，仿佛一时不知从何开口。我转身急忙去喊母亲，因为她的模样实在让我害怕。

那时候我大约六七岁，父亲在外地工作，每周回来一次，家里只有母亲、我，还有一个刚学会走路的小弟。那年月乡下并不太平，偷鸡摸狗的事时有发生。大约就是因了这些的缘故，我们家才更多了一份警惕。尤其在冬天的晚上，母亲总是早早生火做饭，早早闩门睡觉。这对一个住在村庄边缘、常年又没有壮年男子的家是十分必要的。

母亲从灶房出来，围裙未及解下。我躲在她身后，那根不长的竹棍子紧握在手里。陌生的老太太颤颤巍巍地走过来，一条长长的涎水从嘴角挂下来，搭在胸前结痂的衣服上。尽管她口齿不清，啰啰唆唆，但我还可以听明白她的话：她有一个儿子，娶一房厉害的媳妇，那婆娘嫌她年老无用就把她轰出家门，她只好靠乞讨为生。老太太告诉母亲，她想在我家找个地方住一晚上，躲过这场大雪，第二天一早就离开。

听完陌生老人的话，母亲丝毫没犹豫就安排她住下来，并且端来了热腾腾的饭菜。我瞪着眼睛看那老人感激涕零、狼吞虎咽地吃着饭，心里十分不高兴。在灶房里,我闷闷不乐地问母亲:"妈妈,你不怕她是坏人吗?"

"你看老奶奶像坏人吗?"母亲反问。

"可是,我真的不喜欢她!"我说出了心中的真实感受。

"为什么?"母亲感到愕然。

"因为她太脏了,身上有一股难闻的味道!"

母亲放下洋瓷碗,拉住我的手坐下来,平心静气地问:"你喜欢外婆吗?"

"当然喜欢!"我的大部分童年时光就是在慈祥可亲的外婆身边度过的。"喜欢就好。"母亲接着给我讲了一件往事。1976年夏天,一位做剪刀生意的老太太在伏牛山中迷了路,最后晕倒在一棵歪脖树旁。此刻,狂风大作,野兽的长啸声回响在山谷,一场暴风雨马上就来了。如果没有人来相救,这位老太太生命就可能受到威胁。然而当她醒来时,却发现自己躺在一张舒适的大床上。原来附近的一位山民发现并救了她。当老太太问起山民名字时,山民却摆摆手说:"这一点小事情,不要记在心上。"最后母亲说:"你知道这位老太太是谁吗?她就是你的外婆!"

很久很久,我低头不语。在心中我惭愧地对母亲说:"我再不讨厌那位老奶奶了!"

这是许多年前发生的事。从朴实的山民到我的外婆,再从我的母亲到我,虽然只是平凡生活中平凡人们的一点点相互帮助,它的影响力却远远超出想象之外。直到现在,我还会时时想:我该为别人做些什么。